新公安捜査

浜田文人

ハルキ文庫

角川春樹事務所

【主な登場人物】

螢橋　政嗣（四六）神奈川県警察本部警備部公安二課　警部
児島　要（三五）警視庁刑事部捜査一課強行犯三係　警部補
鹿取　信介（四八）同　同
石橋　太郎（六五）東京都知事
斉藤　伸之（三二）東京都知事特別秘書官
内田　優（四六）都市経済研究所　主幹
後藤　勝正（六七）民和党・衆議院議員
岡部　透（四六）後藤の私設第一秘書
桃山　実（四六）警視庁公安部公安三課　警視
神谷　七恵（三七）ナイトラウンジ・恵《え》　ママ
朴　正健（四九）元・ＫＥＮコンサルタント　社長
中村　八念（六一）株式会社・東和地所　専務
田中　一朗（四九）警察庁警備局第一公安課長　警視長

1

「なにするんだ」

児島要《こじまかなめ》は、かっときて、声を荒らげた。児島は助手席の窓に頭をぶつけてしまった。

車が急激に車線を変更したせいで、児島は助手席の窓に頭をぶつけてしまった。

ハンドルを握る室町卓也《むろまちたくや》が真顔で応《こた》える。

「運よく、盗難車輌《しゃりょう》に出会《でくわ》したんですよ」

「運悪くだ。いいから、ほっとけ」

「そうはいきません。先輩、パトランプお願いします」

「しょうがねえやつだ」

児島は、ため息まじりにぼやきながら窓をおろし、屋根に赤色灯をとり付けた。

サイレン音が鳴り響く。

途端、車は一気に加速する。巧みなハンドル捌《さば》きで左右の車をかわし去り、前方の白い四WDに迫る。差は百メートルほどか。

時刻は午後三時五分。太陽はうしろだが、梅雨の谷間の青空が疲れた眼に痛い。

児島が所属する警視庁刑事部捜査一課強行犯三係は、きのうようやく強盗殺人事件を解決した。中野署に設置された捜査本部はコップ酒での乾杯をもって解散したのだが、児島と室町は警視庁へ戻って、デスクに向き合った。事件が解決したことで急遽《きゅうきょ》、室町が翌々日に故郷の鹿児島で行なわれる従兄弟《いとこ》の結婚式に参列すると言いだしたせいだ。犯人を逮捕し、送検しても、刑事の仕事がそれで完了するわけではない。任務の最後には刑事の誰もが苦手な報告書の作成が待っている。

児島は、後輩の室町のために徹夜でペンを走らせた。なにを書いたか覚えていないくらい乱雑な文面の書類を届け、ねぎらいの言葉もかけてもらえずに中野署をあとにしたのが十数分前。青梅《おうめ》街道を新宿方面へ向かっているところで、緊急無線が騒ぎだした。

その直後、傍らを乱暴きわまりない運転の車が走り去ったのである。

警察大好き人間の室町が見すごすわけはない。無線が盗難車輛と叫ばなくても、スピード違反で追いかける男なのだ。

児島はといえば、気怠《けだる》いまなざしで暴走車を見すごした。早く布団で眠りたい。この三日間は、のらりくらりと追及をかわす容疑者に翻弄《ほんろう》され、自宅に帰れなかった。

呆《あき》れ顔で室町に声をかける。

「飛行機は何時だ」

「最終便の七時です」

「こんなこと、やってていいのか」

「ご心配なく。あの車を停めたら、うしろの連中に引き渡します」

児島は、ルームミラーを見た。二輛のパトカーが追走している。

「それなら端《はな》から……」

「やった。赤です」

室町の声が弾んだ。

白の四ＷＤは、三車線の中央を暴走している。けたたましいサイレンの音で、おなじ方向へ走る車は、急配便のバイクも、大型トラックも、すべて左右に寄った。

前方二百メートルほどの西新宿交差点の信号は赤に変わったところだ。

前方からもサイレンが聞こえてきた。音色はパトカーのそれと違う。

左手から救急車が現れ、続けざまに三輛、猛スピードでまっすぐ駆け抜けた。

四ＷＤがタイヤを軋《きし》ませ、交差点を右折する。

ほかの車は、一斉にエンストを起こしたかのように停止した。

「なんなんだ、この騒ぎは」

「せ、先輩」

室町の声が元気をなくした。

「やっぱり、うしろにまかせましょう」

「なんで」

「いまの無線、聞かなかったのですか」

「はあ」

「車の窃盗犯……若い中国人の男女だって」

「それがどうした」

「拳銃《けんじゅう》はともかく、青竜刀くらい持ってるかも……こっちは丸腰です」

警察官はぼくの天職。それが室町の口癖である。幼児のころ親に買ってもらったプラモデルのパトカーをいまも部屋に飾っているそうだ。

ところが、腕力にはまるで自信がない。柔道や剣道は最低の水準で、射撃もへたくそ。そのうえ気がちいさいので、凶暴犯を眼前にすれば、拳銃を構えるどころか、腰をぬかしてしまう。そんな男でも警察官になれる。全国どこの地方自治体も慢性的に警察官が不足しているからだ。

もっとも、警察官の資質はゼロでも、室町の警察への愛情は人後に落ちない。

「なら、オカマを放り込め」

「そんな」

声からも顔つきからも熱気は失《う》せているが、スピードは落ちていない。室町が唯一自慢できる技能は車の運転。それもパトカーに憧《あこが》れたおかげらしい。

信号を右折した。

西新宿の高層ビル群が視野に入る。

前方で、二輌のパトカーが横向きに道を塞《ふさ》いでいる。三叉路《さんさろ》のあたりだ。直進すれば甲州街道、左折すると都庁を右手に、ＪＲ新宿駅に向かう。

「おしまいですね」

室町が言い終える前に、四WDが車体を揺らした。

複数人の悲鳴があがった。

四WDが歩道を斜めに突っ切り、左に消える。

「無茶しやがる」

児島が吠《ほ》えるのと、携帯電話が鳴るのは同時だった。

「はい、児島」

《いま、どこにいる》

三係の係長、稲垣篤志《いながきあつし》の声は引きつって聴こえた。

「西新宿の……」

《おまえは偉い》

「はあ」

《すぐに都庁へ向かえ》

「えっ。どうして」

《都庁で爆破事件、発生》

いったい、何人が召集されるのだろうか。

児島は、新宿署の一番おおきな会議室の最後列から室内を眺めまわしていた。

男どもが引きも切らずにやって来る。

彼らは一様に、会議室に並ぶ長机の多さに眼を見張り、ある者は面の皮を引き締め、ある者は苦笑を浮かべながら、部署の仲間を見つけてはひと塊になっていく。そうした群れがあちらこちらに十数か所、七、八十人はいようか。

それでも、会議室の椅子は半分が埋まったところだ。

午後七時から始まる第一回の捜査会議まであと十五分。会議慣れしている児島でさえ、どれくらいの陣容になるのか見当がつかない。

となりの室町が憂鬱《ゆううつ》そうに室内を眺め、嘆息を洩《も》らした。

現場を這《は》い回る刑事の多くは煙草《たばこ》を喫《す》う。キャリアが幅を利かせる本庁では世間なみの禁煙励行が進みつつあるけれど、所轄署では浸透していない。刑事部屋はとくにそうで、会議中の禁煙を通達すれば、室内は紫煙の代わりに憤懣《ふんまん》が充満する。

逆に、嫌煙家には捜査会議が苦痛の時間になる。室町はそのひとりである。

「今回は文句を言うなよ。おまえが盗難車を追いかけるから、俺たちにお鉢が回ってきたんだ。二係と五係も空いてたらしい」

「どうせ、彼らも呼ばれてますよ」

「かもしれんが、主力は三係。さっき、係長にそう言われた」

「チャンスじゃないですか。ぼくらの雇い主の本丸が攻撃されたのです。三係で犯人をパクって、でかい点数を稼ぎましょう」

「本気で言ってるのか」

「電話でおふくろに叱《しか》られました。親戚縁者に合わせる顔がないと……もうおまえは、よほどの出世をするか、きれいな嫁をもらうまで鹿児島に帰ってくるなとも」

「どっちもむりだな」

「そんな」

「おい、要」

まるめた背にどすの利いた声が突き刺さった。

振り返るまでもない。同僚の鹿取信介《かとりのぶすけ》。単独捜査、別線捜査の常習軍団として上層部に煙たがられる三係のなかでも別格の存在感を示す強面《こわもて》の刑事である。

鹿取がとなりにどっかと腰をおろす。

「おまえな。そんなに仕事をしたけりゃ、よその係へ移れ」

「どこも拾ってくれませんよ」

児島はなおざりに返した。室町のせいにする気はない。したところで、鹿取の怒りの矛先をかわせるわけではない。

「俺はな、もうちょっとで若い女と草津の湯に浸《つ》かるところだったんだ。それも、やっと口説き落とした女子大生なんだぞ」

「どうせ、どこかのキャバクラで働いてる子でしょう」

「その偏見、なんとかならんのか。たしかに、キャバクラにいるが、そんじょそこいらの女じゃねえ。実家が東北の過疎地でな。健気《けなげ》に学費と生活費を稼いでる」

「それならそっと見守ってやるべきです」

「そんな薄情なまね、できるか。女たちの疲れた心と軀《からだ》を癒《いや》してやるのが俺の天命」

「はい、はい」

鹿取の女好きは半端ではない。なにしろ、女を見れば口説くのが礼儀と信じているような男である。そのせいなのか、四十八歳になる鹿取に結婚歴はない。

「とにかく、今回はおまえが励め。俺は動かん。やってられん」

そう言って鹿取が煙草を喫いつけたところに、三係の残りの仲間がやってきた。

どの顔も一様に不機嫌である。先輩の倉田洋《くらたひろし》には「ばか」となじられ、後輩の白石慎平《しらいししんぺい》と弓永則夫《ゆみながのりお》には、「勘弁してください」「殺す気ですか」と愚痴を垂れられた。爆破現場で顔を合わせていないのに、仲間の誰もが三係出動の理由を知っているのだ。

そういうことにかけてはめざとい連中である。三係は稲垣係長のほか、鹿取、倉田、児島の警部補と、弓永、白石、室町の巡査部長の、七名で構成されており、鹿取と白石、倉田と弓永、児島と室町がコンビを組んでいる。

ひとつ前の席に座った倉田が児島に話しかける。

「どんな塩梅《あんばい》だ」

「現場、見てないんですか」

「ああ。きょうは朝から玉を弾いてた」

鹿取より三歳下の倉田の趣味はパチンコである。

「ケータイ、持って行かなかったんですか」

「鳴っても、震えても、気づくわけないだろ」

「じゃあ、どうしてここに」

「晩飯を食おうとして、やっと気づいた」

「まったく」

「それはこっちの言う台詞《せりふ》だ」

「そりゃどうも。すみませんね」

児島は、二人の先輩には逆らわないようにしている。逆らうだけ疲れる。ただし、仕事になれば別だ。相手が誰であろうと、絶対に信念は曲げない。

なおも倉田が言いかけたとき、前のドアから男たちが列をなして入ってきた。

捜査本部を仕切る幹部たちだ。雛壇《ひなだん》に並ぶ連中がしかめ面をこしらえるのは毎度のことだが、きょうはいつにも増して険しい表情を見せている。

警視庁刑事部長が雛壇の中央に座る。いつもは重要事案の、大規模な捜査態勢が敷かれたさいの初回の捜査会議にしか出席しないのだが、今回はどうなのか。彼が幾度も現れるようであれば、それだけ警視庁は面子《メンツ》と意地を賭《か》けていることになる。

彼の両脇を刑事部理事官と新宿署の署長が固めた。この三名がこちこちのキャリア。彼らから左右に、管理官と新宿署の刑事課長、現場捜査の主力となる強行犯三係の係長、警視庁広域班係長、さらに、鑑識課の係長らが並んだ。

窓際の左端には科学捜査研究所と爆発物処理班の面々。近年、刑事部内でも発言権を増している科学捜査のプロたちである。

入口近くの右端には、無表情の男二人が座った。

過去の捜査会議で幾度か顔を見ている。

警視庁公安部の幹部で、階級はおそらく雛壇中央の理事官や署長とおなじ警視か警視正のはずだが、公安部の連中はきまって末席に座る。情報がほしいだけで、捜査に協力するつもりはない。そう公言しているようなものだ。

管理官が、空咳《からせき》をひとつ放ち、すくと立ちあがった。

「これより、〈都庁爆破事件〉の第一回捜査会議を始める」

よくとおる声が室内に響き渡った。いつもより、声に力がある。

だが、だからといって、緊張する刑事などいない。

となりの鹿取は、肘《ひじ》を衝《つ》いた手のひらに右頬を乗せ、窓のほうに顔を向けている。

三係では唯ひとり、室町が手帳を開き、ボールペンを握った。

管理官が捜査の陣容を話し、雛壇の連中を紹介したあと、刑事部長が立った。彼は挨拶《あいさつ》もそこそこに、一枚の紙を両手でかざした。

「これは、東京都の石橋太郎《いしばしたろう》知事の檄文《げきぶん》だ」

かつてノンフィクション作家として名を売り、衆議院議員を務めた経験のある都知事の直筆に興味をそそられたかのように身を乗りだす者もいたが、ほとんどの刑事は関心がないらしく、どよめきの欠片《かけら》さえ起きなかった。

それでも、刑事部長は、まじめ腐った顔で文章を読みあげる。

上級管理職としてはそうするしかない。警察官の大半は地方公務員の身分で、警視庁は東京都知事の指揮下にある。実際にその権力がどう及ぶかは別として、腰掛け気分で警察庁から出向してきたキャリア組の刑事部長といえども、知事の存在を軽視できない。

「警視庁の有能な諸君へ。今回の爆破事件は、東京都の尊厳を著しく傷つけ、多くの都民を不安に陥れた。諸君がその能力を遺憾なく発揮され、一刻も早く真相を解明し、東京都と警視庁の威厳をとり戻すことを切に願う。健闘を祈る」

刑事部長は、紙を畳んで上着のポケットに仕舞い、さらに言葉を続けた。

「知事は憤っておられる。これはテロだと憂慮されてる……」

「それならここへ来て、自分で吠えろ」

最後列からのひと声に、刑事部長の口が固まった。

刑事らが一斉に振り返る。

児島は、思わず俯《うつむ》き、右手で鹿取の上着の裾《すそ》を引いた。

鹿取が平然と煙草をくゆらせる。よほど機嫌が悪いらしい。児島にはその理由がわかっている。知事の檄文が神経に触れたのではない。女子大生と引き離されたせいである。

ややあって、雛壇の理事官が顔を赤らめ、唾《つば》を飛ばした。

「きさま、なんて言種《いいぐさ》だ」

理事官のとなりにいる稲垣が刑事部長に頭をさげ、声を張りあげた。

「鹿取、お詫《わ》びしろ」

「檄てなもんは、本人が飛ばすもんでしょうが」

鹿取がさらりと返す。

「そうかもしれんが、刑事部長に対しては無礼な発言だ」

「俺は部長の胸のうちを代弁したまで。部長に悪意はない」

「しかし……」

「もういい」

刑事部長が乱暴に言い放つ。

「相手にするな。するだけむだ。いずれ……」

あとに続く、飛ばしてやる、の声は児島の席まで届かなかった。

憮然とした刑事部長に促され、管理官があとを継ぐ。

「それでは、事件の概要を説明する。被害者および警備員らの証言によると、爆破時刻は本日、六月十三日、午後二時五十五分から三時までのあいだ。爆発物は、地下駐車場の職員専用スペースに停められていた車の運転席の床裏に仕掛けてあった。持ち主は、都知事の特別秘書官を務める斉藤伸之《さいとうのぶゆき》氏。三十二歳。本人は午前十時に登庁し、爆破時刻は都庁内で政策会議に出席していた。つい三十分前の午後六時三十二分、都庁の政策広報室にファックスで脅迫文が送られてきた。その全文は諸君の手元……」

児島は、視線を落とした。

たった三行の、短い文面である。

――特別秘書官、斉藤伸之の車を爆破した。

われわれは都政の暴挙を許さない。

政策を変更しなければ、今後も犯行はくり返される――

脅迫文には具体的な要求がまるでない。

けれども、このファックスの送り主が爆破事件にかかわっているのはあきらかだ。各テレビ局は、事件発生直後にテロップを流したが、警察の協力要請を受けて、どの局も爆破された車の所有者の名を報じなかった。

管理官に続いて、爆発物処理班と鑑識課の捜査員が事件現場の状況や遺留品等の報告を行なったが、事件発生から四時間の時点で発表できる量はそう多くない。事件現場に召集された刑事らの初動聴き込み捜査の報告のあと、ふたたび管理官が声を発した。

「この脅迫文は爆破にかかわった者が送り付けてきたと考えられる。だが、初動捜査の段階で、都庁もしくは都庁関係者への怨恨《えんこん》による犯行と断定はしない。車の所有者である斉藤氏個人に対する怨恨の線も含め、脅迫、テロ、愉快犯など、あらゆる可能性を想定して捜査を進めてもらいたい」

前方で手が挙がった。うしろ姿からは五十年配と思える。

話を中断させられたせいか、管理官がその手の主にきつい視線を投げた。

「君の部署は」

「新宿署、捜査一係の立花《たちばな》です」

「で」

「知事が檄を飛ばしたからには、都庁はわれわれの捜査に協力するんでしょうね」

「当然だ」

応えた刑事部長が言葉をたした。

「わたしは、ついさっきまで、知事と面談していた。知事は、檄文にあるとおり、大変激怒されており、捜査への全面協力を約束された」

「都の政策上の、機密情報も流してくれるのですか」

「必要とあれば」

「自分は、脅迫文を真に受けています。斉藤個人を狙《ねら》うのなら、もっと安全で効果的な方法をとると思われます。予断を持つ気はありませんが、都庁への怨恨による犯行と読むのが常識的で……その場合、都庁の捜査協力が早期の事件解決の決め手になるでしょう。必要とあればではなく、初手の段階からの情報提供をお願いできませんか」

刑事部長が顔をしかめた。

代わって、管理官が口をひらく。

「君は、知事の約束を信用できないのか。全面協力すると言われたのだ。まずは、それを信用して、捜査に励むのが筋というものだろう」

「万が一、有力な情報を秘匿されたら致命的な……」

「くどい」

管理官が語気鋭くさえぎった。

「都民の生活と身の安全を護《まも》るのが都庁と、その管轄下にある警視庁の最重要任務ではないか。事件の背景になにがあろうと、都庁と警視庁が一丸になって事件を解決する。あたりまえのことを疑って仕事になるのか」

「わかりました」

中年の刑事があっさり折れた。保険のための質問だったようである。どこの署にも、初手の段階から、責任所在をあきらかにしたがる刑事がいる。

「はい」

今度の声は若々しく、おおきかった。

児島は、慌てて顔を真横に振った。

止めるまもなく、室町が立ちあがる。

「似たような質問をします。今回の事件がテロリストによるものだったらどうですか。いまの都知事はタカ派と呼ばれています。政治的、思想的背景が存在した場合……つまり、公安絡みの事件とわかったとき、当然、その筋の協力を得られるのでしょうね」

管理官が口をへの字に曲げ、ちらっと視線を雛壇の端にやった。

わずかな空白のあと、公安部のひとりが座ったまま声を発した。

「もちろん、協力は惜しまない」

「情報を提供すると……」

「やめろ、坊や。愚問だ」

鹿取が声を発した。彼はいつも室町を坊やと呼ぶ。

先輩にひと睨《にら》みされ、室町が腰を落とした。

児島は、室町を怒る気にも、慰める気にもなれなかった。

まさしく、愚問である。公安部が刑事部の捜査に協力するはずがないのだ。世間を震撼《しんかん》させる、極悪非道な犯罪であっても、公安部は手持ちの情報をけしてさらさない。これまで幾度、公安部の連中に煮え湯を呑《の》まされてきたことか。

それくらいのことはわかっている室町があえて口にしたのは、今回の事件の舞台が都庁だからだろう。気持ちは察するが、やはり、鹿取の言葉が的を射ている。

児島は、雛壇に並ぶ幹部連中の顔を眺めた。

おなじように、表情が曇って見えた。

「面倒なヤマになりそうだぜ」

座席に胡坐《あぐら》をかくなり、鹿取がいまいましそうに吐き捨てた。

中野新橋の和食処・円《まどか》にいる。三係が警視庁第四方面、新宿区から杉並区のＪＲ中央線沿いにある所轄署に出向いたときに溜《た》まる店である。店内は細長く、十二席のカウンターだけの店だが、児島らは二階の八畳の和室にあがり込む。

二階は女将の住居で、その私室を遠慮なく使えるのは女将と鹿取が紡いできた縁のおかげだ。鹿取の話によれば、とうの昔に男女の仲は終わったそうだが、ほんとうかどうか、児島にはわからない。他人の私事を詮索《せんさく》する気はない。ただ、男女の仲が切れても、日常の出来事のように二人が顔を合わせていられるのが不思議でならない。たぶん、そういうことにはまるで疎いせいだろう。

係長を除く、三係の六名が座卓を囲んでほどなく、階段を踏む軽やかな足音がして、女将がやってきた。時刻は午後十時すぎ。あと一時間で閉店にもかかわらず一階は客で賑《にぎ》わっていたのに、女将は楽しそうにグラスと小鉢を並べだした。

鹿取が冷蔵庫からビール瓶を運んできた。

笑顔の女将が皆のグラスにビールを注ぐ。

歳は四十前後か。久留米絣《くるめがすり》に赤い襷《たすき》がよく似合う。働き者の女将は、いつ見てもあかるく、ほっとするやさしさが感じられる。

女将が三度往復し、座卓は隙間のないほど料理で埋まった。

どれも旨《うま》い。なにがでてきてもはずれがないのはこの店の魅力。そのうえ、女将が破格に安い料金にしてくれるので、食欲は倍増する。

皆が一斉に箸を動かし、料理を片っ端から片付ける。誰もが夕食ぬきで捜査会議にでたようだ。そうでなくても、日ごろから食欲は旺盛で、食の細い者に刑事の仕事は務まらない。よく食べ、よく呑み、隙を見つけては爆睡する。刑事の長持ちの秘訣である。

捜査は一にも二にも、体力勝負。まずは足を動かす。見る、聴く、ときとして、嗅ぐ。頭を使うのはそのあとのこと。刑事特有の勘とは経験の延長線上にあるので、頭より先に躯を動かさなければ、いつまで経《た》っても一人前の刑事にはなれない。

ひと息ついたところで、倉田が箸をおき、真顔で言う。

「知事の石橋だが、都民の人気は絶大でも、企業や営利団体の反感を買ってるそうだな」

「就任一年目にぶちあげた新税四案のせいでしょう」

そう応えたのは室町である。こういう予備知識の収集には貪欲《どんよく》である。

「その四税、いまはどうなってる」

「二年目のことし四月に施行されたのはホテル税と、標準外形課税のふたつ。あまり企業の抵抗がすくない税法で、難航してるのは、パチンコ等の遊戯・娯楽関連の企業や施設、産業廃棄物業者への課税で、こちらは都民がもろ手を挙げて歓迎したにもかかわらず、業者サイドの強硬な抵抗に遭ってるようです」

「周辺利権が絡んでるからな」

鹿取がグラスを空け、言葉をたした。

「銀行やホテルなんかと違って、パチンコや産廃は幾つもの利権が複雑に絡み合ってる。国や地方をひっくるめて、政治家と役人が利権にまみれ、所管下の外郭団体もおこぼれに与り、さらには、闇社会の悪党どもが喰らいついてる。いかに人気のある都知事でも、連中をまとめて敵にまわすのはむずかしい」

「もしかして」と、児島は口を挟んだ。

「都庁の職員も汚染されてるとか」

「ありうる」

「それなら内部情報がでてくるわけ、ありませんね」

「知事のやる気しだいだな」

鹿取が投げやりに返した。まだ女子大生への未練が残っているのか、ほかに理由があるのか、表情にも言葉にもやる気が感じられない。ほかの理由に気が向きかけたところで、倉田が口をひらいた。

「このなかで政治や行政にあかるいやつはいるか」

弓永と白石が同時に顔を振る。児島と鹿取は知らん顔。ひとり室町が瞳を輝かせた。

「室町、都庁関係の資料集めはおまえがやれ」

「まかせてください」

室町が即答したので、児島はうなだれた。室町がやるとなれば必然的に、コンビを組む児島も手伝うはめになる。それでなくても気が重いのだ。

捜査会議の最後に、捜査員の班分けが行なわれた。

初動捜査においては大別して、現場周辺の聴き込みをやる地どりと、遺留品の線を追うナシどり、容疑者や被害者の交友関係、仕事関係を洗う敷・鑑捜査に分けられる。

三係は、都庁関係者と、その周辺の聴き込み捜査を担当することになった。

原則として、本庁と所轄署の刑事が二人一組となって捜査にあたるのだが、三係の捜査手法を熟知している幹部らは、三係によその部署との連携を強要しなかった。毎度のことだ。三係の手法が捜査本部内に蔓延《まんえん》すれば、統制がとれなくなる。

警部補三名で始末書は合わせて五十枚を超える。警視庁のならず者集団である。

それでも、凶悪犯罪事案では主力部隊として扱い、別線捜査を黙認しているのは、刑事部内で三係が突出した犯人検挙率を挙げているからだ。単なるならず者ならいまごろ、三名の警部補ばかりか、稲垣係長のクビが飛び、若手の三名も陽のあたらない部署に流されている。

しかし、いかに有能な集団とはいえ、都職員だけで一万九千人いる巨大な組織をあたれるわけがなく、おなじ班には新宿署の二十七名が振り分けられた。したがって、今回の捜査では、今夜のような身内だけの会議を頻繁にやることになりそうだ。

それだけでも気が滅入《めい》るのに、児島は、稲垣から直の指示を受けた。

「頼もしい相棒で、よかったじゃないか」

倉田に声をかけられ、児島は視線をあげた。

「はあ」

「おまえ、知事と面談するんだろ」

「どうして、それを」

「係長から相談された。知事に誰をぶつけるかと」

「俺を推したのですか」

「ほかに誰がいる。俺は人気者が嫌いだし、鹿取は……おそらく殴りかかる」

「自分だって、気が短いんですがね」

「いや、おまえは我慢強い。なんといっても、三係のエース」

「歯が落ちますよ」

「いいじゃねえか」

鹿取が口を挟んだ。

「女とおだてにゃ乗るもんだぜ」

「ば、ばかな」

児島は、顔が赤くなりそうなのを酒でごまかした。

「それはそうと」

ふだん無口な弓永が遠慮ぎみに言った。

全員の視線を浴び、ひるみそうになりながらも、言葉を続ける。

「脅迫文の、都政の暴挙って、なんでしょう。それに、都庁の幹部職員は大勢いるのに、どうして斉藤の車が標的になったのか」

「おい、室町」と、倉田が声をかける。

「特別秘書官て、なんだ」

「呼び名どおり、特別な秘書官。知事に任命権があって、議会での了承を必要とはしますが、よほどのことがないかぎり、すんなり受け容《い》れられます」

「斉藤は外部の人間なのか」

「ええ。都市経済学が専門のアナリストらしく、詳細についてはこれから調べますが、知事は彼の能力を高く評価してるそうです」

「都市経済学……そんなのがあるのか」

「いまは学問も細分化されてますから」

「そんなことより……」

白石の遠慮ぎみのひと言に、倉田が眼光を尖《とが》らせた。

「なんだ」

「斉藤個人が狙われた可能性もあると思いませんか」

「それは薄いでしょう」

すかさず、室町が反論した。

室町と白石は反りが合わない。性格も思考回路もまったく異なる。おなじなのは上昇志向が強いことだ。警部補への昇級試験を競い合っているのでなおさら、いがみ合う。

白石がむきになって応じる。

「脅迫文の中身を真に受けるのは愚の骨頂だ。これまでの事例を持ちだすまでもなく、脅迫文が真実を語ったためしはほとんどない」

「それはそうですが、斉藤への怨恨による犯行なら、もっと確実な方法があるでしょう。現場で専門家に聴いたのですが、爆発物はかなり精巧で、威力があったと……犯人は、あの場所で爆破させれば無関係な人々が巻き込まれる恐れがあるのを認識していたと思われます。実際、近くにいた三名が重軽傷を負った」

「では、どうして斉藤の車なんだ」

「たぶん斉藤は、犯人に怨《うら》みを買うような政策を担当していた」

「俺もそう思う」

倉田の参入に、白石がふてくされる。なにかを言いかけて、倉田にさえぎられた。

「まあ、聴け。いまの段階で予断を持つ気はないが、都庁が爆破されたのは事実。斉藤が都庁の幹部で、都庁の駐車場で斉藤の車が爆破されたのも事実。まずは、主だった都庁関係者を徹底的に洗うことから始めても、遠回りにはならんだろう」

抵抗を諦《あきら》めたのか、白石が押し黙った。室町も口を噤《つぐ》む。二人は元々、こういう場で多弁ではない。互いの考えが反目したときだけやり合う。

児島は、それでいいと思っている。

警視庁内の三係への評価は、命令無視、協調性なしの、ならず者集団だが、三係は集団ではなく、一匹狼の集まりなのだ。すくなくとも、警部補の三名は、それぞれが己の勘と読みで勝手に動いている。それでもなぜか、最終局面を迎えると協調し、周囲から見れば鉄の団結で、手柄を得てきた。

これまでの経験からして、六名が一堂に集うのは今夜かぎりだろう。つぎにあるとすれば、犯人の目星が付いたときか。

室内に居心地の悪い静けさがよどみかけたとき、鹿取が低い声を放った。

「これまでどおりだ。俺たちが頭を使ってなんになる」

「そうだな」

倉田が同調し、言い添える。

「児島に先陣を切ってもらう。知事の本気度がどれくらいのものか。それしだいで、今後の展開と対応がおおきく違ってくる」

「政治家は苦手なのに」

「ぼやくな。人気者の知事に会えるんだ」

そう言いおき、倉田が腰を浮かした。

児島は、慌てて声をかけた。

「もう帰るんですか」

「ああ。パチンコをやりすぎて眼が痛い。それに、きょうは娘の誕生日でな。寝る前に、おめでとうと言ってやりたい」

「やさしいんですね」

「普通だろ。おまえは、鹿取を見すぎてるから、ほかは誰でもよく見える」

「うるさい。とっとと帰れ」

鹿取の放言を無視して倉田が立つと、弓永と白石もあとに続いた。

児島は、室町に視線を向けた。

「おまえも帰っていいぞ」

「先輩は」

「もうすこし、鹿取さんに付き合う」

児島は、眼の端で、鹿取が苦笑するのを捉《とら》えていた。

階段から足音が消えると、児島は席を変え、鹿取の正面に胡坐をかいた。

「どうして、面倒なんです」

「ん」

「とぼけないでください。ここに来てすぐ、面倒なヤマになりそうだって」

「わかってんだろ。で、残った」

「公安ですね」

鹿取は、かつて公安刑事だった。三係でその事実を知るのは児島ひとりである。

滅多なことでは異動がないとされる公安部署からなぜはずされたのかはわからない。鹿取は公安時代のいっさいを語らないし、児島も訊《き》こうとは思わない。鹿取の過去を三係の仲間におしえる気もない。

だから、公安が絡みそうな事案は二人きりで話すようにしている。

「ああ。知事の石橋は、公安の要注意人物だ」

「ええっ。そんな……」

「ブン屋稼業のころから過激なタカ派発言で騒動を起こしてたからな。俺が知ってるかぎり、衆議院の議員になってからも公安刑事《デカ》の監視は続いていた」

「いまも、ですか」

「さあな。やつはいま警視庁を動かせる立場にいる。やつの指令で活動してる公安刑事もいるらしい。問題は警察庁。あそこが今度のヤマにどう手を突っ込んでくるか」

「よくわかりませんが」

「話せば長くなるが、警察庁は石橋を嫌ってた。たぶん、いまも……石橋が都政のなかで吠えてるうちは見逃しても、国政にちょっかいをだすようになれば黙ってないだろ」

「政治の話ですか」

「まあ、いろいろある。おまえは頭が痛くなるから知らんほうがいい」

「ですね」

児島は、あっさり白旗をあげた。逆らう理由が見あたらない。

「警察庁はともかく、桜田門の公安は張り切らざるをえん。プライドが高く、頭の回る知事のことだ。公安部長を呼びつけたに違いない」

「刑事部長とは別にですか」

「あたりまえだ。テロ、宗教、左翼。片っ端から調べあげるだろうよ」

「俺たちの出番があるとすれば、それらが事件に絡んでないときにかぎる」

「冗談じゃない」

児島は、急に元気づいた。これまでも公安部が絡んでこようとくじけなかった。公安刑事に捜査の邪魔をされ、圧力をかけられても、犯人を追いつめてきた。

「今回はおおっぴらに介入してくるぞ」

「関係ありません」

鹿取が苦笑する。いつもながらの、さめた笑いだ。

それで、児島はさらに熱くなった。

「公安がしゃしゃりでるのなら、鹿取さんにも頑張ってもらいます」

「いやだね。今回は、端からやる気がねえ」

「キャバクラの女をとり逃がしたくらいで、拗《す》ねないでください」

「ばかたれ」

鹿取が酒をあおってから、言葉をたした。

「ところで、あれから、ホタルに会ったか」

「いえ。電話もかかってきません」

「ふーん」

「ホタルさんがなにか」

「……」

「いや……ふと、思いだしてな」

「鹿取さん」

児島は、語気を強めた。

「なんだ、急に」

「女子大生がいるキャバクラ、赤坂の接待じゃないでしょうね」

「悪いか」

「まさか」

「今度、連れて行こうか」

「結構です」

通称、ハマのホタル。神奈川県警の公安刑事、螢橋政嗣《ほたるばしせいじ》と最後に会ったのは二か月前である。彼は、北朝鮮絡みの覚醒剤密輸事案を捜査するさなかに協力を求めてきた。協力者はもうひとりいた。関東誠和会の若き幹部、三好義人《みよしよしと》。港区赤坂に三好組の本部事務所を構える三好は、身を粉にして螢橋に尽くしたあげく、銃刀法違反で逮捕され、現在は京都拘置所にいて、裁判中の身だ。

児島は、鹿取を睨みつけた。

「ヤクザ者との付き合いは程々にしたほうがいいですよ」

「ふん。俺はホタルと違う。三好組にたかってるんじゃなくて、若頭補佐の松本《まつもと》にいろいろ相談されてるんだ。ホタルは薄情だからな。やつの身代わりのようになって、三好がこれから刑務所へ行くというのに、ホタルは三好組の事務所に顔をださんらしい」

「あの人なりに、気遣ってるんでしょ」

「おまえは、あいつの肩を持ちすぎる」

「そんなことはありません。ホタルさんは悪刑事《デカ》。鹿取さんも」

「なら、俺らと付き合うな」

「それが……どうも、理性と感情がばらばらになって……」

「とにかく、三好がでてくるまで、俺が三好組の相談役になる」

「どうなっても知りませんよ」

「心配いらん。どうせ、二年も経たんうちに娑婆《しゃば》にでられる。三好のやつ、北朝鮮の工作員を射殺したのに、それが表にでなかった。政治的配慮は裁判でも有効だ」

「それなら、執行猶予が付くんじゃないですか」

「ヤクザ者に執行猶予を付けたら、マスコミが騒ぐ」

「ねえ、鹿取さん」

「ころころ声音を変えるな。気色悪い」

「また、ホタルさんと組む気じゃないでしょうね」

「冗談言うな。警察庁と警視庁のバトルだけでも面倒なのに、ホタルまで参戦すれば、とんでもねえ泥試合になる」

まじめな口調だった。

児島は、鹿取をじっと見つめ、やがて、深いため息をついた。
いやな予感が頭から消えない。

2

あざやかな緑におおわれた島が朝陽にきらめいている。

前方の島が新島《にいじま》と知ったのは、乾いた空気を震わせる汽笛のおかげである。ぬけるような青空と碧《みどり》の海。都心は梅雨の只中なのに、伊豆諸島はすでに夏の気配だ。

螢橋政嗣は、デッキでコーヒーを呑みながら、滅多に見ない景色を眺めている。

美しいとは思うけれど、それ以上の感慨は湧きあがらない。

それがひねくれた性格に因るものか、模糊《もこ》とした鼠《ねずみ》色の世界に生きてきたせいなのか、あるいは、感情が錆《さ》びついてしまったのか。

昨夜はほとんど眠れなかった。船底で軀《からだ》を横たえていると、不気味な潮の流れを感じた。たぶん、幻覚。客船は思っていた以上におおきく、あまり揺れなかった。

船には苦い思い出がある。子どものころ、若狭《わかさ》湾沖にでた釣船の縁で、軀が干からびてしまうほど嘔吐《おうと》した。波に酔っては吐き、苦しんでは泣きわめき、とうとう途中で、船は引き返した。同乗の釣り客に罵声《ばせい》と非難を浴びせられた父親は、息子を連れてきたことを後悔し、息も絶え絶えの螢橋を責め立てた。

それ以来の乗船である。寝酒を呑んでも眠れなかったのは、船底の下の闇に、遠い、みじめな記憶が紛れ込んだせいかもしれない。

船が桟橋に着き、乗船客がのんびりとした足どりで降りて行く。二十名ほどか。全員が年配者だ。両手に重そうな荷物を持ち、破れそうなほどふくらむリュックを背負い、感情の乏しい顔で下船する。

洋上から眺める瑞々《みずみず》しい景色とは好対照に、陸にあがると陰鬱《いんうつ》な空気が淀《よど》んでいた。かつてナンパ島と呼ばれた面影はまるで残っていない。

螢橋は、最後に降り、ポンコツの小型タクシーに乗った。
五、六分走ったところで停まる。左手は一面の海。波頭は輝きを増している。
老運転手が開け放つ窓から指をさした。

「ほれ、右手の斜面の上。あそこの雑木林で発見された」

道路沿いの斜面は急で、いたるところ、褐色の土が剝《む》きだしになっている。

群発地震のせいだ。おととしの三原山の噴火のあと、周囲の群島では火山性群発地震が頻繁に発生し、新島の住民も一時避難を余儀なくされた。

ようやく壊れた民家や公共施設の本格的な補修・修復作業が始まった矢先、東京都の職員が測量のさなかに白骨死体を発見した。先月末のことである。

「この上にはなにがある」

「なにも……以前は牧場だったが」

「十年前は」

「牧場をやってたかどうか、わからん」

「地主を知ってるか」

「わしはこの土地で生まれ育った。知らんことなどあるもんか」

「ほな、地主の家へ行ってくれ。その前に、白骨がでた場所まで案内してもらおう」

「あんた、新聞記者かね」

「刑事には見えんのか」

「東京から何人も刑事さんが来てたけど、二、三日で引き揚げた。ちっちゃな島で、住んでる者もすくない。なにを調べるにしても手間はかからん」

「そうやろな」

「お客さんは関西かね」

「生まれは大阪やが、関東におる」

「なんでまたここへ。東京で物騒な事件が起きたのに」

「きのうの、都庁が爆破された件か」

「有名な知事さんがテレビで怒ってた」

「むこうは怪我人、こっちは死人。それに、むこうは賑やかすぎて、性に合わん」

「変わった人だね」

「よう言われる」

遠慮ぎみに笑った運転手がふたたび車を走らせ、くねくねとした坂道をのぼる。

螢橋は、道が平らになったところで車を降り、運転手におしえられた方角へ歩いた。一面が青草におおわれている。雑草は膝《ひざ》まで埋まる高さだが、すぐに短く刈られてできた路《みち》を見つけた。草をなぎ倒した路もある。捜査員の手によるものだ。

強い陽射しを浴びて立ちのぼる草いきれにむせそうになる。おおきな蚊が我が物顔で飛び交うのに辟易《へきえき》とさせられた。

急斜面をまぢかにして、足を止めた。その一帯は草が短く刈られている。

死体を遺棄するには絶好の場所と思える。運転手の話によれば、周囲に民家はなく、冬場でも草は枯れないそうなので、死体を埋める必要もない。ゴミ袋のようにポイと捨てれば完全犯罪が成立する。死体を発見するのは木立をねぐらにする鳥か、野良犬か。いや、野良犬でもこの荒れた土地を駆けることはあるまい。

鑑定では、頭蓋骨《ずがいこつ》の後部に陥没痕、左胸骨には刃傷が見つかっている。犯人は被害者の後頭部を鈍器で殴打、心臓を突き刺したのち、現場に遺棄したと推測される。

しかしなぜ、この場所なのか。

螢橋の疑念は、一点に留まっている。

かつて、被害者は公安事案の捜査対象者だった。記憶にあるかぎり、被害者と新島に接点はなかった。けれども、被害者は生きて、この場所に、すくなくとも新島に来た。離島であることや、死体発見現場の地形がそれを告げている。

犯人にむりやり連行されたとも考えづらい。被害者は横浜の住人で、しかも、武術のたしなみがあった。体格もよく、いかつい面相だった。

俺が見落としたんか。

螢橋は、赤土の地面に向かってつぶやいた。

潮風がさっと流れ、声を攫《さら》っていく。

この荒れた土地に、どんな用があったんや。

もう一度、ささやきかけた。


来た道とは反対側の斜面を降りきったところ、海をまぢかにした細長い平屋建ての家屋で、荒地の持ち主は民宿を営んでいた。

螢橋は、あたりに人影がないのを確認してタクシーを降りる。

白骨死体の身元が判明したのは一週間前。行方不明者リストの一名と歯型が合致した。それでもきのうまで動かなかったのは、捜査刑事と顔を合わせたくなかったからだ。新島は警視庁の所轄である。神奈川県警の捜査課の連中でも鬱陶しいのに、警視庁の刑事ならなおのこと、面を合わせるだけでもうんざりする。

民宿の玄関に近づいたとき、なかから五人の若い男女がでてきた。皆がこんがりと陽に焼けて、身の丈を超えるサーフボードを手にしている。

螢橋は、連中を見やって、家に入った。

三和土《たたき》に小柄な老女が立っていた。

刑事を名乗ると、老女は嫌味のない笑みを浮かべてレストルームに案内してくれた。食堂と兼用の長方形の部屋で、その奥の調理場から細身の男が現れた。七十すぎと思える彼は顔一面に年輪のような皺《しわ》を刻んでいる。

老人が真向かいのソファに座るや、螢橋は話しかけた。

「お忙しいところをすみません」

「なんの。ひまで退屈してたわ」

「シーズンはもうすこし先なんやね」

「ことしの夏も期待できん。なにしろ去年は、おとどしの群発地震でさっぱりだった」

「この商売、永いの」

「かれこれ二十年になる」

男が視線を振った。

その先の窓に、夏の風景が嵌《は》まっている。

あまり面積のない砂浜に先刻見た若者たちの姿がある。その向こう、打ち寄せる太平洋の波は高くはないけれど、力強さが感じられた。

男が視線を戻すのを待って、螢橋は質問を始めた。

「牧場を経営してたんはここをやる前かな」

「いや。両方やってた。あんた、あそこを見てきたのかね」

「ええ」

「あの程度の広さだからね。牛も豚もそう多くは飼えんかった」

「牧場はいつごろまで」

「やめて十五、六年になるかな」

「十七年よ」

お茶を運んできた老女が口を挟み、男のとなりに浅く腰をかけた。

「息子二人が東京の大学に行ったまま、帰ってこんようになって。ほんとうは、どちらかに跡を継いでほしかったけど、むりじいもできんしね。マスコミがナンパ島とか宣伝してくれたおかげで、民宿が忙しくなって、牧場のほうは辞めたの」

「それ以来、牧場はほったらかしか」

男が応《こた》える。

「人手はおらんし、使い道がない」

「十年前はもう荒地やったの」

「そうよ。けど、まさかホトケさんが眠ってるとは夢にも思わんかった」

「そのホトケ……朴正健《ぱくせいけん》いうんやが、ここに泊まったんやろか」

老人がぶるぶると顔を振る。

「三、四日前だったか、東京の刑事さんが来られて、男の人の写真を見せられたけど、知らん顔だった」

「大昔のことで忘れたんやないのか」

「そんなことはない。うちはなじみの客がほとんどだからな。冬場は釣り、夏場はサーフィンやダイビングのお客さんばかりでな。あの、死亡……」

「死亡推定時期」と、老女が助け船をだす。

「それ。十年前の八月か九月とか。当時の宿帳を引っぱりだしてたしかめたんだが、初めての客はおらんかった」

「ホトケ以外にも」

「そう。常連ばかり」

「宿帳は」

「刑事さんが持って行った」

「ところで、現場の牧場には壊れた柵《さく》が残ってたが、十年前はどうやった」

「いまほどではないが、だいぶ傷んでたと思う」

「一応、監視してた」

「ちょうどあのころ、土地を手放すので、ちょくちょく……」

「えっ。あんたの土地やないんかい」

「それが妙な話で」

男がゆっくりとした動きで湯呑を手にする。

螢橋は、眼で急《せ》かせた。

それを老女が見とめ、肘で亭主の脇腹を小突く。男がひと口呑んで言葉をたした。

「あの年のお盆前に、東京の方が見えられて、いきなり、あそこを買いたいと。で、遊ばせてる土地だったし、けっこうな値が付いたので売ったのよ」

「すぐに」

「二週間で売買契約が済んだ。ところが、翌年の七月におなじ方が見えられて、今度は買い戻してくれと。ほんと、おかしな話だった」

「それで」

「買い戻したよ。売値の三分の一ほどの額だったし、息子らにはなんで売ったとさんざん怒られてたもんでな」

「その話、先に来た刑事に話したの」

「もちろん」

「契約書も持って行かれた」

「いや。残ってる。刑事さんは、相手の名前とかメモして帰った」

「見せてくれるか」

男が頷《うなず》くより先に、老女が立ちあがった。

ほどなく封筒を手に老女が戻り、男が書類をとりだした。二通ある。

「ほれ、このとおり。売ったのと、買い戻しのと、二通ある」

螢橋は、書類を手にした。

表紙の上に、クリップで名刺が留めてある。

記憶をたぐるまでもない。白骨死体で発見された朴正健とともに、一時期、螢橋が監視していた人物である。いまはどうしているのか。気が向きかけたけれど、関心のほとんどは書類から離れなかった。

ぱらぱらとめくり、末尾の頁《ページ》で指の動きをとめた。

土地を売った日が記されている。

当時、経済バブルにかげりが見えかけていたが、世の人々の多くはまだ狂ったように浮かれていた。夏の新島もさぞ熱く賑わっていたことだろう。

螢橋は、顔をあげ、男に話しかけた。

「この名刺の男が交渉してきたの」

「そう、初めから。契約時には弁護士を連れて来たがね」

「あの土地にホテルでも建てる気やったんかな」

「どうかな。わしも興味があって訊《き》いたんだが、投資とか……東京のカネ持ちが考えることなど、ようわからん」

「売ったときと買い戻したとき、相手の様子に変わったことは」

「さあ。妙な話で、変な男だとは思ったが」

「あんた、売るときに迷わんかったんか」

「いきなり金額を言われてびっくりさ。当時の相場の倍以上のカネを払ってくれるんだから、迷うほうがどうかしてる」

「そうそう」

老女が声を弾ませた。

螢橋は、すかさず視線をずらした。

「なにか」

「その人、売ったおカネでこぎれいなホテルに建て替えてはどうかと」

男が驚いたような顔を古女房に向けた。

「そんな話、聞いてないぞ。なんで、わしに言わんかった」

「言えば、そうしてたでしょ」

「はあ」

「だって、あのときのおとうさん、舞いあがってたから」

「そんなことあるもんか」

男がむきになり、老女が澄まし顔で湯呑を手のひらに包んだ。


つい惹《ひ》き込まれてしまいそうな笑顔に迎えられた。

それでも、児島要は緊張の糸を弛めなかった。十分前まで行なわれていた記者会見を立ち見していたからである。

会見場での石橋太郎は、鷹のように鋭い眼光で記者たちを見おろし、テレビで聴き慣れた、棘《とげ》のある口調でまくし立てた。

彼の、シニカルな笑みと威嚇する眼光が瞼《まぶた》の裏側にへばり付いている。

児島は、石橋に勧められ、正面のソファに座った。室町がとなりに腰をおろす。

「ごくろうさん」

石橋の声音も記者会見のときとは違って聞こえた。

だが、そう感じたのも一瞬である。声に潜む威厳は消えない。

ちらとテーブルに並ぶ二枚の名刺を見た石橋が口をひらく。

「桜田門の精鋭部隊とは心強い」

「……」

「強行犯三係の噂は聞いてるよ。犯人検挙率が図抜けてるそうだね」

「とんでもありません。自分らが刑事部の厄介者なのは自覚しています」

「能力のある者は疎ましがられる。反感のほとんどは妬《ねた》みだ。ぼくにも経験がある」

児島は、控え目に頬を弛めた。石橋の言葉に満足したわけでも、喜んだわけでもない。

石橋がぼくと言ったからである。

午後一時に都庁に着いて小一時間が経《た》つ。そのあいだ、記者会見を行なっていた石橋をつぶさに観察し、いまも眼と耳に神経を集中させている。

「一刻も早く、事件を解決してくれたまえ」

「そのためには、都庁関係者の協力が不可欠です」

「わかってる。きのう、警視総監に会って、都庁あげての全面協力を約束した。さあ、なんでも訊きなさい。おそらく君たちは、ぼくを含めて、都庁の職員が捜査に協力的にならないと思っているんだろう」

「たしかに、懸念する者もいます」

「君もか」

「はい。脅迫文にあった都庁の政策……あれが気になります。具体的にどの政策をさしているのかが、捜査のカギになるでしょう。犯人がさす政策があきらかになったとして、その中身や背景をどこまで自分らにおしえていただけるのか。捜査のためとはいえ、行政の機密情報を洩《も》らすことにためらいがあって当然だと思います」

児島は、胸に抱く危惧《きぐ》を吐きだした。石橋を相手に駆け引きは通用しないとの思いが強くある。それに、もともと心理戦は苦手だ。

石橋の眼光が鋭くなった。細い眼がつぎの言葉を催促する。

「さきほどの記者会見でも質問がありましたが、その後、犯人からの接触は……」

「ない」

石橋の語気が尖《とが》った。噂どおり、彼の血は一瞬で沸点に達するらしい。

「ブンヤどもはともかく、あれば警視庁に報告させる。当然のことを訊くな」

「脅迫文の類《たぐい》がまったくないとは信じられません」

「なぜだ」

「世のなかには愉快犯や模倣犯が大勢います」

「そんなものまで報告していたらキリがない。捜査に混乱をきたすだろう」

「来てるのですね」

「電話もファックスもメールもあるそうだ。あきらかに悪戯《いたずら》とわかるものらしいが」

「その判別は、どの部署が行なってるのです」

「政策広報室。秘書官も手伝ってる」

「われわれも参加させてもらえませんか。知事は全面協力すると約束された。犯人と接触できる可能性が最も高い場所に捜査員が配置されないのは納得いきません」

「どうやら、警視庁内は意思の疎通が希薄のようだな」

「えっ」

石橋がにっと笑った。

児島は、はっとした。

「もしかして、公安部の連中が」

「都と都民の安全とともに、利益も護《まも》らねばならない。その観点からすれば、刑事部よりも、公安部のほうがふさわしいと思うが」

「しかし、機動力では捜査刑事のほうが優れています。横の連携も緻密《ちみつ》です」

「情報の管理能力の話をしてる。それと捜査を並行できるのは公安部だろう。君らに、都の立場に立って、情報の選別をする能力があるのか」

「では、その場に立ち会わせてください。ご存じかもしれませんが、公安部と刑事部は、捜査対象がおなじであっても、連携が密とは言いにくいのが現実です。情報に直接タッチしなくても、われわれが傍にいれば、いざというときスピーディに対応できます」

「横の疎通だけじゃねえな」

石橋が得意なときに使う江戸弁を飛ばし、にんまりとする。

児島は、むかむかしてきた。気の短さなら石橋に負けない。

「どういう意味ですか」

「情報は幾重にも篩《ふるい》にかけられてるってことだ。わが都庁の有能の部下たち。守秘義務が徹底してる公安部。そして、保身の術に長《た》けてる刑事部の幹部ら」

児島は顔を歪《ゆが》めた。そうしなければ、罵声が飛びでただろう。

怒りの鋒は先端が三つに割れかけている。言動不一致の石橋、隠密主義を崩さない公安部、そして、部下に情報を伝えない捜査本部の幹部たちだ。

どいつもこいつも、保身と縄張り根性まるだしである。

まをおき、口をひらく。

「いずれにしても、犯行直後の脅迫文は、犯人、もしくは、それに近い者が送り付けてきたものなので、つぎがあると読むのが自然でしょう。都の政策に不満をにおわせておきながら、なんらの要求をしないとは考えられません」

「予断だな」

「かもしれませんが、刑事の予断や偏見は、経験則上の、勘の一種です」

石橋が無表情でテーブルの名刺を見やった。

「児島要……予備知識は得ていたが、三係は想像以上の連中の溜り場のようだ」

「……」

「三人の警部補のうちでは、君が抜けて温厚とおしえられた」

「そのとおりです」

児島は、即座に返した。

倉田が言ったとおり、鹿取なら拳《こぶし》が飛んでいた。

「まあ、いい。吠えたぶんの結果はだしてもらう」

「お訊《たず》ねしますが、脅迫文にあった都政の暴挙、あるいは、怨《うら》みを買うような政策に、思いあたるふしはありませんか」

「ない。あるとすれば、ぼくがぶちあげた政策のすべてだな。儲《もう》かってる企業、娯楽関連の企業などから税をとって、都民の税を低く抑えるのがぼくの理想だ。そりゃ君、営利第一主義の企業は反対するに決まってる。現に、新税四案は、まだ条例案が議会に提出されていないものを含め、関連企業の猛反対にさらされてる」

「とくに抵抗が強いのは」

「どれもおなじだよ。企業てのは、自分らの遊び半分の接待なんかでは派手に使うくせして、節税対策は熱心にやる。一円でもすくなくしようと策を練る」

「つまり、税絡みの政策で反感を買い、今回の事件が起きたとお考えですか」

「そんなことは言ってない。君は思い込みが激しすぎる」

「すみません。ところで、事件の発生以前にも、都の政策や知事の発言に対する反発というものが眼に見えてあったのですか」

「あるさ。ぼくは、正論をズバッと言うからね。都民を護るために、信念を貫く。それがぼくのスタンス。政治哲学。残念ながら、ぼくは独裁者ではないし、日本は民主主義の国だ。反対の意見があっても、ぼくは容認する。しかし、都に寄せられるそうした意見の大半は、論理的に矛盾だらけの、検討にも値しないものばかり。それでも、都の職員はひとつひとつ精査する。役人てのは、私利私欲に走る輩もいるが、おおむね勤勉なのだ。ぼくの下で働く職員はとくに、まじめで勤勉な者が多い」

「事件発生以前の情報は閲覧できますよね」

「はあ」

「検討に値しないものばかりなのでしょ。それなら都と都民の利益を損なわない」

石橋が眉《まゆ》をひそめた。

「お願いします」

児島は、たたみかけるように言い、頭をさげた。

「いいだろう。担当者に伝えておく」

「もうひとつ、個人的に怨みを買うようなことは」

「それは斉藤君に訊きなさい」

「幹部職員の皆さんにお訊ねするつもりです。で、まずは知事にと」

「無礼な」

破声が室内に響いた。石橋の眦がつりあがる。

だが、退く気はない。誰が相手でも、仕事では妥協しない。

「これは捜査の常道です」

石橋が息を整えるように鼻の穴をふくらませ、ややあって、口をひらいた。

「石橋太郎は、人に怨みを買うようなまねはせん。しかし、東京都知事を快く思っていない輩はいるかもしれん。閉塞しきった現状を打破し、都民にあかるい未来を示すための改革を断行しようとすれば、必ず反発する連中が現れるものだ。既得権益を護りたがる者だけではない。二十一世紀になってもなお、変節を求めず、妥協と忍耐を日本人の美徳と信じる人たちも大勢いる」

児島は、黙って、石橋の口元を見つめた。薄い唇に傲慢《ごうまん》さが隠れているように感じた。

彼の話が質問の核心から離れているのは意図的なのか。傷ついたプライドのせいか。理論武装する性癖が身に沁み付いているのかもしれない。

いずれにしても、自分とはウマが合いそうにない。こういう自信家が政治の世界には必要なのかもしれないけれど、親しくなろうとも、理解しようとも思わない。

理想を言えばキリがない。夢を語ればとりとめがなくなる。

かといって、現実に流されるつもりも、妥協する気もない。至ってシンプルで、まともな考えだと思うけれど、日常はそれほど平たんではないのが現実である。

児島は、苛立《いらだ》つ神経を無視して話しかけた。

「われわれとしては、あらゆる可能性を視野にいれて捜査しなければなりません。今回の犯行が、都庁もしくは都知事への反発としても、斉藤氏個人への怨恨にしても、犯行の動機や背景を探るうえで、都庁の皆様の協力は不可欠なのです。捜査の過程で、皆様に不快な思いをさせるかもしれませんが、どうか、ご理解ください」

「この石橋に二言はない。捜査の糧になる情報は提供する」

そう言い放ち、石橋が立ちあがった。顔一面に不快の色を刷《は》いている。

何度会ってもむだだろうな。

児島は、踵《きびす》を返した石橋の背を見つめながら、胸のうちでつぶやいた。


螢橋は、すこし恐縮しながら、座椅子《ざいす》に胡坐をかいた。

カーキ色のコットンパンツに、レモンイエローのサマーセーター。警察庁警備局第一公安課長の田中一朗《たなかいちろう》と会うにはラフな格好すぎる。

港区狸穴《まみあな》の料亭・若狭に着いたところだ。時刻は午後八時半になる。新島からのジェット船を降り、ひさしぶりに赤坂で一杯やろうとした矢先に、田中の電話を受けた。

田中がやわらかい笑みを浮かべて言う。

「さわやかじゃないか。似合ってるよ」

「とんでもない。こんな恰好《かっこう》ですみません」

「やる気まんまんだね」

「えっ」

「これさ」

田中が右手の親指と中指で麻雀牌《マージャンパイ》を摸《ツモ》る仕草を見せる。

一年ほど前から、田中の麻雀相手をしている。それまでは、彼が指揮を執る緊急かつ重要事案の特別捜査チームに参加しないかぎり顔を合わせることはなかったのだが、麻雀相手に指名されたのちは月に一回、料亭・若狭に足を運ぶようになった。

最初にまいた餌《えさ》がよほどおいしかったのか。田中も、一緒に雀卓を囲む若狭の店主も、つぎはいつにしようと勝手に予約までしてしまう。

彼らにすれば、螢橋は背の俵に葱《ねぎ》を詰め込んだ鴨《かも》。安月給の下っ端を虐《いじ》めないでくださいとわめこうとも一切お構いなしで、葱どころか、羽までむしりとろうとする。

田中の趣味は、スポーツカーでのドライブと麻雀で、どちらもひどく攻撃的である。警察庁の要職にあり、将来を嘱望されるキャリアなのに賭《か》け麻雀を好み、それも、冷静沈着な仕事ぶりからは想像できないくらい、烈《はげ》しい勝負をする。

仕事と麻雀の、どちらと向き合うときが田中の素なのか、いまだにわからないけれど、彼の熱気に引き摺《ず》り込まれ、ついつい時間を忘れ麻雀に没頭してしまう。いつも徹夜勝負になり、清算を終えたあと、胸のポケットの軽さを感じながら白む空を眺めては、もう誘いに乗るまいと思うのだが、別れ際に、今夜もありがとう、と田中に声をかけられた途端に、一瞬前の固い決意が吹っ飛ぶ。

「今夜もやるのですか」

「なにをいまさら」

卵顔に涼しげなまなざし。中肉中背の田中は身構えるところもなく、官僚を連想させないけれど、ここ一番の勝負処では、誰も寄せつけない気迫を全身にみなぎらせる。

それは仕事でも麻雀でもおなじで、螢橋はいつも、凄じいばかりの集中力に舌を巻き、身も心も圧倒されてしまう。

田中は、冷酒で咽《のど》を鳴らしたあと、言葉をたした。

「ところで、苦手の船旅はどうだった」

「はあ」

「あなたの履歴書……苦手の欄に、船とあったが」

「そんなことまで……しかし、どうして新島へ行ったのをご存じなのですか」

どんなに驚かされようと、虚を突かれようと、田中の前では関西弁を忘れる。上司の公安課長にも、その上の警備部長にも、遠慮も気兼ねもなく関西弁を使うのに、田中と話すときは標準語になる。たぶん、田中が漂わせる雰囲気のせいだ。それに、畏怖《いふ》と背中合わせの信義のせいもある。

田中が笑みを浮かべているので、螢橋の疑念はふくらんだ。

「もしかして、警視長の指示でしたか」

「それはない」

「しかし、興味はあるのでしょう」

「かつて、朴正健の失踪にはおおいに関心を持った。なにしろ、韓国の元大統領の縁戚にあたる男だったからね。それでも、十年は永い。特捜チームを指揮するようになってから関心が薄れ、ここ数年はすっかり忘れていた」

「彼の白骨死体が発見されて、またぞろ興味が湧いてきたのですか」

「あなたはどうなのだ」

「未解決事案の後始末です。それも、課長に言われ、仕方なく船に乗りました」

「あなたらしくもない言種《いいぐさ》だね。半年間も朴に張り付いてたんだろ」

「あれは完敗でした。なにひとつ物証を得られないうちに失踪されて」

「悔しくないのか」

「捜査事案に関しては過去を引き摺らない性質《たち》なので」

「本音とは思えん。刑事には忘れられない事案があると聞くが」

「刑事も人それぞれです。それに、いまさら捜査を蒸し返したところで、朴正健にかけられた容疑……外国為替管理法と出資法の違反、贈賄罪は時効がすぎています」

「しかし、遺体とはいえ、被疑者が現れた」

「殺人事件の背景を探るために、警視庁の刑事捜査に協力しろとでも」

「そうではなく、警察公安としてのけじめだよ。われわれの任務の第一は、国家と国民の利益と安全を護るための情報収集活動。事案が時効をすぎようとも、被疑者死亡で立件できなくとも、朴の容疑と、朴殺害の背景を解明するのが重要なのだ。もしかすると、朴の死体が発見されたことで、あらたな公安事案が発生するかもしれない」

「……」

「気が乗らないのか」

「そうではありませんが、うちの課長は最終の捜査報告書で幕をおろしたいようです」

「わたしは違う」

「特別捜査チームを立ちあげるおつもりですか」

「いくらわがままなわたしでもそこまではできない。だから、あなたを呼んだ」

「単独捜査をしろと」

「あなたは十年前の捜査で主戦力だった。それに、わたしとあなたの仲ではないか」

田中がにんまりと笑う。

螢橋は苦笑で返した。田中の笑顔にはまるで弱い。彼の笑顔を見たくて仕事に励んでいると思うときもある。笑顔の裏側には想像もつかない知略と陰謀が潜んでいると疑いつつも、彼の言葉に踊らされてしまう。

どういうわけか、今夜は抵抗してみたくなった。

「どんな仲なのでしょう。おなじ釜の飯を食べてるとはいえ、身分もおつむの中身も月とスッポン。おまけに麻雀は腹を空かせたワニと、葱を背負ったカモ」

「まったく。世のなかはよくできてる」

田中が澄まし顔で言うので、つぎの言葉がでなくなった。

「いつものように、県警の警備部長には連絡しておく」

「わかりました」

螢橋は、新島でめばえた疑念を口にしようとした。

そのとき、襖《ふすま》が開き、丸刈り頭の店主が現れた。麻雀の、もうひとりの天敵である。

「きょうはいい鱧《はも》が入りました。江戸っ子は鱧なんぞ食わねえなどと粋《いき》がりますが、器量がせまい。短い旬《しゅん》の贅沢を楽しまないんですからね」

そう言って、店主は艶《つや》やかな白身が載る皿と小口をひとつ、螢橋の前においた。

店主が自慢げな顔を田中に向ける。

「食べてみますか。湯引きではなくて、氷水で締めた刺身ですよ」

「いや。どうせわたしは、器量のせまい江戸っ子だからね」

まるで拗ねたガキの口調だった。田中は、先祖代々、生粋の東京人である。

その顔を見て、食欲が増した。鱧の切り身をほんのすこし山葵《わさび》醤油に付けて食べる。歯応えのなかから、ほのかな甘みが滲みでる。湯引きした白身を酢味噌で味わう鱧とはまったく別の触感と味覚である。東京では滅多に食べられない。

店主が去ると、田中は冷酒をあおってから口をひらいた。

「ところで、きのうの都庁爆破、どう思う」

「わかりません」

螢橋は、すなおに応えた。公安刑事の習癖で、爆破事件には敏感に反応する。だが、所管外の事案は、たいてい短い推測で終わらせる。

田中が不満そうな表情を見せたので、螢橋は言葉をたした。

「警視長は公安絡みの事件とお考えですか」

「その線は薄いだろう。いまの左翼活動家に爆破テロをやるほどのエネルギーはない。新興宗教の可能性はもっと低く、ほぼゼロだな」

「それでも、警視庁の公安は動いてるのでしょ」

「しゃかりきになってる」

「そうするなにかがあるのですか」

「マスコミには伏せているが、脅迫文が届いた。都の政策をみなおせとね」

「その程度で……」

あとに続く言葉は田中の手のひらにさえぎられた。

「石橋知事がはっぱをかけた。彼の信任厚い特別秘書官の車が爆破されたことが知事の逆《げき》鱗《りん》に触れたのかな」

「警視長は、石橋の動きが気になるようですね」

「わかるのか」

「さっぱり。策士の頭のなかなんて、読む気にもなれません。でも、石橋がノンフィクション作家のころから、警視庁の公安部は彼を監視していたと聞いてます」

「先輩たちの話では、政治家になった彼の無見識な言動のせいで、ずいぶん尻拭《しりぬぐ》いをさせられたらしい。けど、そんなことで、今回の事態を憂慮してるのではない」

「……」

「公安部署は、おなじ警察組織のなかにあっても、その存在意義はほかとあきらかに異なる。国家の安全と利益を護るための部署なのだ。それは、警視庁をはじめ、各道府県本部に設置されている公安部署にいてもおなじこと。地方自治体の要《かなめ》の東京都とはいえ、警察公安を自由に動かすのは許しがたい暴挙」

「警察庁は石橋を牽制《けんせい》したのですか」

「いまのところ、静観している」

「だが、警視庁の公安部には釘を刺した」

「あたりまえだ。知事は、自分が警察公安だけではなく、公安調査庁や内閣情報調査室の監視対象になっているのを知ってる。そのうえでの、警視庁公安部への圧力だ」

「圧力。それほど凄味《すごみ》を利かせたのですか」

「事件発生直後、真先に呼びつけられたのは公安部長。そのあと、警視総監と刑事部長。順番が違う。どうやら、知事は今回の事案を公安部に委《ゆだ》ねようとしてるようだ」

「捜査を公安部主導でやらせる理由はなんですか」

「情報の管理だな。それしか考えられん。もうひとつ、警察公安との過去を清算し、友好な関係を築こうとする狙いがあるのかもしれん」

「ちょっと待ってください」

「ん」

「事件発生直後の、慌ただしい短い時間で、そこまで考えますか」

「政治家は、何事にも用意周到に準備しているものだ。チャンスが来てから考えるのでは遅れをとる。政局というのは一瞬にしてやってくる」

螢橋は、肩をすぼめ、おおげさにため息をついた。

政治の話は苦手だ。公安刑事をやっているかぎり、捜査事案に政治のにおいが絡みついてくるけれど、螢橋はそれを無視する。政治に関心を持たなくても、国を憂わなくても、公安刑事としての仕事はできる。

「ほんと、頑固だな」

「すみません」

「公安の仕事には、どんな事案でも、すくなからず政治が絡む。いいかげんに、政治にも興味を持ったらどうだ。違ったものが見えるぞ」

「履歴書の苦手の欄に、政治と書くのを忘れました」

田中が吹きだし、やがて、声を発した。

「やめよう。あなたの仕事とは関係ない話だった」

ほんとうに、そうなのですか。

螢橋は、不意に浮かんだ言葉を口にしなかった。いつのころからか、田中の発言の裏を考えるようになった。だが、言葉への疑念が田中への不信には繫《つな》がらない。

3

ひさしぶりに見る男の顔は幾分か穏やかになったように感じられた。

それが眼のまわりの皺《しわ》のせいなのか、彼の肩書によるものなのかはわからない。

男の名は中村八念《なかむらはちねん》という。不動産業界大手の東和地所の専務で、十年前の肩書は営業統括本部長だった。当時、経済バブルの終焉《しゅうえん》期にさしかかっていたが、彼は昼も夜も精悍《せいかん》な顔で動き回っていた。国会議員に地方議員、大手ゼネコンの幹部社員に銀行マンと、中村の人脈は多岐多彩で、彼らの身元を調べるだけでも骨が折れたものである。

中村の顔を見た途端、記憶が幾枚かの写真になって浮かび、ある種の感慨を覚えたけれど、それは戦場で銃を向け合った仲のようなもので、親しみにはほど遠かった。

当然である。中村は、ＫＥＮコンサルタントを経営する朴正健を内偵捜査するさなかで浮かびあがってきた人物なのだ。捜査事案のひとつ、国会議員との贈収賄疑惑にかかわる人物として、中村を捜査対象者に加えたのだった。公安事案では刑事が捜査対象者と直接に接触するのはまれなので、朴とも中村とも対面したことがない。

こうして中村と面を突き合わせる気になったのは、かつての事案の被疑者が死体で発見されたからだ。田中警視長の建前論を鵜呑《うの》みにすれば、極秘の内偵捜査にこだわる必要はなくなった。死亡した被疑者の周辺は警視庁の捜査刑事がうろついているので、できるだけ早く、彼らと摩擦を起こさないうちに事案の後処理を終えたいとの思惑もある。

とはいえ、港区虎ノ門にある東和地所の本社を訪ねたものの、アポイントもなくすんなり面会できるとは思ってもいなかった。

正面のソファで足を組む中村が口をひらく。

「神奈川県警の刑事さんが、このわたしにどんなご用でしょう」

「古い話で恐縮なんやけど、十年前の夏、あんたは新島に行かれた」

中村が端整な眉《まゆ》を寄せた。驚くというより、訝《いぶか》しがる顔になった。

「そこで牧場の跡地を購入した」

「その件なら、四、五日前だったか、ここへ来た警視庁の刑事さんに話したよ」

「どんな話を」

「あの土地を買った経緯。当時、ちょっとしたリゾート開発の企画があってね」

「ずいぶん急な商談やったと……あそこの地主が言うてましたわ」

「土地の売買は、極秘に、迅速にやるものだ。そうでなければ邪魔が入る」

「邪魔が入ったんやね」

「ん」

「わずか一年で、元の地主に売った。それも買った値の三分の一で」

「なにが言いたい。先日の刑事はそんな失礼な質問をしなかったぞ」

中村の言葉使いが乱暴になってきた。顔つきは穏やかになっても、短気で傲慢《ごうまん》な性格はなおっていないらしい。中村のことは性癖から女の好みまで調べつくした。

螢橋は、まを空けなかった。中村の口ぶりから察して、警視庁の刑事は、中村と殺人事件をリンクさせていないらしい。事件発生当時の土地の所有者に事情を聴いた程度なのだろう。それなら、自分の仕事の妨げにはならない。

「新島の企画には、ＫＥＮコンサルタントの朴正健もかかわってましたんか」

中村が口を歪《ゆが》める。

「朴は、あんたの盟友やった」

「冗談言うな。彼は単なる取引相手のひとりにすぎなかった」

「そうやない。ＫＥＮコンサルタントは、東和地所の汚れ仕事をまかされてた」

「ばかな」

「自分は、警視庁とは別の事案を追うてますのや」

「なんの」

「心あたりはおませんのか」

「ないから訊いてる」

「朴には幾つかの嫌疑があった。そのひとつに、あんたが絡んでた」

「どんな嫌疑か、はっきり言え」

「捜査の中身は話せんけど、十年前、朴はなんらかのトラブルに巻き込まれ、殺された。

それも、あなたが慌ただしく購入した新島の土地で」

「殺人事件の捜査は警視庁の仕事だろうが」

「そやさかい、別件やと言うてる」

「ちょっと君」

中村の声が尖った。

「言葉使いが乱暴すぎやしないか」

「すんまへんな。関西のガラの悪いところで生まれ育って、おまけにあほやさかい、標準語を喋れんのや」

「もういい。さっさと要件を済ませてくれ」

「もう一度訊くけど、新島の企画に、朴が絡んでましたんか」

「ない。汚れ仕事ではないが、KENコンサルタントがわが社の幾つかの事業に関与していたのは認める。だが、企画の段階で参画させるような付き合いではなかった」

「ほな、なんで、朴は新島で殺されたんやろ」

「知るものか」

「あんたは十年前の八月にあの土地を購入し、それから一か月後、朴はおなじ土地で殺された。偶然で片付く話やおませんで」

「かもしれんが、KENコンサルタントがあの企画にかかわっていなかったのは事実だ」

「あんたが朴の失踪を知ったのはいつやの」

「たしか、ひと月ほど経《た》ったころだと思う。あのころ、多忙だったからね。朴の姿が見えないと風の噂で聞いて、やつの会社に電話したと記憶してる」

「ひと月は長いな。あんたと朴は、夜のネオン街をしょっちゅう呑み歩いてた。横浜の関《かん》内《ない》でも、東京の銀座や赤坂でも、よう見かけましたわ」

「きさまっ」

中村が唾を飛ばし、眦をつりあげた。

「いったい、なにを調べてた」

「そやから、朴の汚れ仕事」

「ふざけるな。やつがどんな悪事をしてたか知らんが、わたしも、わが社も関係ない」

「そうむきにならんかて、いずれわかる。朴は悔しゅうて地獄に堕《お》ちきれずに戻ってきたんやろ。俺が真相をあきらかにして成仏させたる」

「好きにするがいい」

「ところで、あんた、遺骨と対面したんか」

「しようがない。新聞で朴正健の名を見つけ、かつて彼と親しかった連中に電話してみたのだが、誰も朴の身内の消息を知らなかった」

「薄情なもんやな。朴が羽振りのええころは、正体のわからん輩まで、それこそ金魚の糞のように、ぞろぞろついて遊んでたのに」

「今度は同情か。もう、これくらいでいいだろう。不愉快だが、捜査には協力した」

「もうひとつ。新島の件、どんな邪魔が入った」

「ん」

「リゾート開発の企画が潰れた理由」

「おしえられん。企業秘密だ」

「それにしても、わずか一年で、それも大損してまで土地を手放すのは妙やで」

「刑事に企業のなにがわかる」

中村が吐き捨てるように言い放ち、腰をあげた。

「また寄らせてもらいますわ」

「つぎからはアポイントをとってからにしてくれ」

「そしたら、旨《うま》い酒が付きますのか」

「ふざけるな」

螢橋は、座ったまま、中村の背を見送った。

揺さぶりをかければ、中村は必ず動く。

そう確信して、朴の人脈のなかから中村に狙いを定めた。なぜ、朴正健は新島で殺されたのか。いまのところ、新島と接点があるのは中村ひとり。中村が動かなければ、十年前とおなじように、疑惑は闇に埋もれたままになるだろう。

「あら」

あかるい声と同時に、女が瞳を輝かせた。

ナイトラウンジ・恵《え》のママ、神谷七恵《こうやななえ》が近づいてくる。美形だが、どこか締まりなく見える。細身の軀《からだ》にも隙《すき》を感じる。いわゆる、男好きのする女である。昔からそんな雰囲気があったのだが、三十七歳のいまはもっと男気をそそっている。

背を大胆に抉《えぐ》る赤のドレスを着た七恵がとなりに座った。

「やっぱり、気が合うのね」

「なにがや」

螢橋は、ぶっきらぼうに返した。

七恵の店にかよいだして十年になる。最初は、朴正健を尾行して入った。それ以来なので年季は常連ながら、ひと月に一回程度しか顔をださないので上客ではない。螢橋にしては数すくない自費で呑む店なので頻繁にかようことはできないし、普段なら割安のカウンター席を利用するのだが、今夜は空きがなく、奥のボックス席に案内された。

横浜の歓楽街、関内の雑居ビルの三階にあるナイトラウンジ・恵は、二十坪ほどのフロアに四つのボックス席と、カウンターが七席の、落ち着いた雰囲気の店である。

螢橋の席には七恵ひとり。六人いるホステスはほかの席で笑顔を振りまいている。

七恵がさらに顔を寄せてきた。

「なんやねん。気色悪い」

「うそ。うれしいくせに」

「あほか」

「ねえ、相談があるの」

「言うてみい」

「三日前に刑事が来たの」

「どこの」

「警視庁……捜査一課だって」

「ほお」

螢橋の脳裡《のうり》に若者の顔が浮かんだ。

警視庁刑事部捜査一課の児島要。二年前、公安事案を捜査中に、東京での殺人事案を捜査する彼と出会った。小柄な軀いっぱいに熱気を充満したような彼を見て、嫉妬《しっと》まじりに惹かれた。あやういところで助けられた恩義もある。

彼を思いだしては電話で呼びだし、酒を酌み交わす付き合いが続いている。最後に会ったのは二か月前か。そのときは仕事で協力してもらった。

もうひとり、警視庁の捜査一課には見知ったやつがいるが、そちらは腐れ縁。児島と呑むときはいつも同席するけれど、やつの顔を思い浮かべることはない。

「どうしたの」

「いや。それより、なにをしでかしたんや」

「失礼ね。警察のお世話になることなんて、してないわよ」

「警視庁の刑事《デカ》が横浜くんだりまで来るんや。相当の理由があるやろ」

言いながら、螢橋は、新島の事案と見当をつけた。

かつて、神谷七恵は朴正健の女だった。螢橋の、捜査対象者のひとりでもあった。

もちろん、七恵はそれを知らない。

朴の行方《ゆくえ》がわからなくなり、やがて、ナイトラウンジ・恵が螢橋の個人的な憩の場所になってからも、朴の話はいっさいしなかった。

そもそも、自分が公安刑事であることもおしえていない。七恵は、螢橋が神奈川県警本部生活安全課の刑事と思い込んでいる。公安刑事は滅多に素性をあかさない。

「十年前に別れた男が白骨死体で発見されて……その遺骨を引きとってくれないかと。まったく、冗談じゃないわ」

螢橋は、とぼけて話を合わせる。

「その男に身内はおらんのか」

「奥さんと娘がひとりいたんだけど……ほら、行方知れずになったら七年で籍をぬけるってあるでしょ。三年前に離婚したそうなの。刑事さんは前の奥さんにも連絡したそうだけど、病気を理由にことわられたって」

「で、おまえに白羽の矢が立ったわけか。けど、なんで、警視庁の刑事は十年前の愛人を知ってるんや」

「ねえ。愛人とか、ずいぶん断定的に言ってくれるわね」

「浮気相手の女を、ほかにどう言うねん」

七恵が口を尖らせたが、長くは続かなかった。あほな女は切り替えが早い。頭で考えるのではなく、感情がいやなことを忘れたがる。

「わたしのこと、殺された男の友人におしえられたそうよ」

「おまえの男、殺されたんか」

「そうみたい。知らない……先月の末に新島で白骨死体が発見されたの」

「あれか」

どこまでもすっとぼけるしかない。第三者になって訊問する。

「おまえ、男が新島へ行ったのを知ってたんか」

七恵が顔を振る。

「友人の名前は訊いたか」

「うん。でも、おしえてくれなかった」

「十年前いうたら、この店がオープンした年やな」

「そう。彼がスポンサーだったの」

「どれくらい付き合うてた」

「半年。口説かれて三か月でお店をだしてくれたの」

「ははん」

「なによ」

「店が条件で寝たな」

「悪い」

語尾がはねた。

「この世界で生きようと決めかけてたときだったの。なにをやるにしても、タイミングってあるでしょ」

「おまえは偉い。あほの生き方をよう知っとる」

「ええっ」

「いまの世のなか、中途半端なあほが多い。おまえみたいな真性のあほは貴重やで」

「なによ、それ」

「最高の誉め言葉やないか。それが証拠に、オープンから三か月でスポンサーがおらんようになったのに、店は潰れんかった」

「これでも必死よ。おかげで、男に縁がなくなった」

「ほな、遺骨を引きとって供養したらんかい。ええ恩返しになるで」

「いやよ。こう見えても、わたしは律儀な女なの。引きとったら最後、死ぬまで縁が切れなくなるわ。そうすると、ますます生きてる男との縁がなくなるもん」

「俺がおる」

七恵の眼が糸になった。笑うとなおさら隙まみれになる。

「ホタルさん」

甲高い声がしたほうに視線をやる。

いつのまにか、三井薫《みついかおる》が来て、正面のソファに座ろうとしていた。歳は三十一。大学生のときにアルバイトを始め、いつのまにか七恵の右腕的な存在になった。

「ママを口説いてるの」

「あほな女を口説くのは俺しかおらんやろ」

「まあね」

七恵がすばやく反応する。

「失礼ね。男はいないけど、つまみ食いの相手には不自由してないわ」

おおげさにのけ反った薫が口をひらく。

「ホタルさんも食べられちゃったの」

「残念ながら虫に食われるのが嫌いでな。ナフタリンを持ち歩いとる」

「ばか」

七恵があかるく言い放ち、すぐに真顔に戻した。

「ねえ、あしたの昼にでも会えないかな」

「そんな深刻な話やないやろ。ことわればええやないか」

「それが、苦手な刑事さんで……」

「しゃあない。俺が護ったろ」

「ほんと」

七恵の瞳が消え、瞼が細い弧を描く。
その顔を見たくて、螢橋はかよっている。

4

きょうは朝から頭が重い。後頭部に異物を詰め込んだような感覚である。

理由はわかっている。文字のせいだ。それも、見慣れない単語が多く、辞書を片手に読んだので、なおさら神経が疲弊した。

児島要には読書の習慣がない。小説はおろか、週刊誌や漫画でさえ読まない。かろうじて新聞は毎日手にするけれど、ざっと流し読む程度である。以前、妻の洋子《ようこ》に、あなたが担当している事件は推理小説にでてくる手口を真似《まね》てるんじゃないのと言われて、その作品を手にしたのだが、五分と経たないうちに眠りこけてしまった。

だが、昨夜は違う。

──君らは下調べもせず、予備知識も得ないで質問してるのか──

きのうの事情聴取のさい、東京都庁の副知事にそう罵《ののし》られ、向かっ腹が立った。恥ずかしさもめばえた。苦手なことを相棒の室町にまかせた己の甘さを悔いた。

夜の捜査会議が終わると、室町が集めた文書の束を抱えて帰宅し、埃《ほこり》を被《かぶ》った机に向かった。ひととおり読み終えたとき、そとは白んでいた。頭のなかも白濁していて、どれほど記憶に残っているのか不安を抱えたまま布団に潜り込んだ。

「食欲ないですね」

室町に声をかけられ、児島は、中空に留まる箸《はし》をテーブルに戻した。

都庁第二庁舎の食堂にいる。都庁には本庁舎と第二庁舎の二か所に職員食堂がある。一般人も利用できる第二庁舎の食堂は、午後一時をすぎても大勢の人で賑《にぎ》わっていた。

職員食堂に足を運んだのは、そこが情報の宝庫だからである。耳を傾けているだけで情報を得られる。人は食事とセックスと用達《ようたし》のとき無防備になる。気の合う仲間と食事をするさなかはとくにそうだ。

逆に、他人の会話を拾おうとする者は近くにいる人の耳を気にする。たいていの人は、他人に対して意識的にやる行為は、それを躯が記憶してしまうので、おなじ行為をやられるのではとの防衛本能が働き、不安になる。

何事に対しても普通にやるのが一番なのを痛感するのはこんなときだが、なかなか普通にやるのはむずかしい。

室町が顔を近づけてきた。

「お役人の話って、国会の答弁に似てますね。のらりくらり、おなじ言葉のくり返し」

「庁舎内での応答はあんなもんだろ。そとにでれば違った反応があるかもしれん」

「そうでしょうか。全員がおなじ意識で話してるように感じましたが」

「まあな」

児島は、さらりと返した。

午前中に面談した政策広報室長は穏やかな口調ながらもひとつひとつ言葉を吟味するように話していたし、道路交通局長は理解不能の専門用語を立て板に水で喋りまくり、児島が事件にかかわる話を向けるや急に口が重くなる始末だった。きのう会った副知事の勝瀬《かつせ》昭彦《あきひこ》も、主税局長の村本功治《むらもとこうじ》も、肝心な話になると言葉を濁すことが多かった。

だからといって怒る気にもなれなかった。予測していたことだ。幹部職員への訊問《じんもん》で収穫があるとすれば、面談中の彼らの反応と、言葉の裏に潜む気配くらい。それさえも、淡い期待でしかなかった。彼らも己の発言の重さは心得ている。

児島は、箸を動かす室町の横顔に話しかけた。

「連中の説明、おまえには理解できたのか」

「ええ。ぼくが入手した情報の範囲内の話ばかりでしたが」

「ふーん」

「先輩は。勉強してきたんでしょ」

「脳みそと胃はおなじ構造だな」

「えっ」

「詰め込みすぎると眠くなる」

室町が呆《あき》れたように笑い、口をひらく。

「あんな話、いくら聴いてもむだですよ。ほしいのは爆破事件と繋《つな》がりがありそうな政策……ぼくが気にしてる財務政策の話はひと言もでませんでした」

「俺の質問がまずかったのかな」

「そんなことありませんよ。政策広報室長が言ってたじゃないですか。事件にかかわりがありそうなことを憶測で話せば、関係者に迷惑が及びかねないし、これからの交渉に支障をきたす恐れがあるって。その論理でいけば、誰に会っても収穫はゼロです」

「まあ、いいさ。刑事《デカ》の仕事の大半は徒労。時間と体力の消費は勲章みたいなもんだ」

「頭が回ってきましたね」

「ばか。おちょくるな」

児島は、室町に勢いを付けてもらって箸を手にしたが、やはり食は進まなかった。

俄然《がぜん》、気分が昂ってきたのは夕刻になってからである。

本人の希望で、斉藤伸之との面談は都庁に隣接するホテルの喫茶室で行なった。

斉藤は、特別秘書官という肩書が似合う風貌《ふうぼう》をしている。身長は一メートル八十センチほどで、引き締まった体軀《たいく》を濃紺のスーツに包み、眼鼻立ちのはっきりした顔は、やや傲慢さを覗かせながらも、知的な印象を与える。

彼の顔を見て、児島はほくそえんだ。訊問するには好みのタイプである。斉藤がコーヒーカップをおくのを見て、訊問を始めた。

「あなたの車が狙《ねら》われたことで、心あたりはありませんか」

「個人的にということかな」

「まったく身に覚えがない」

「特別秘書官としてはどうでしょう」

「どうしてという気持ちが強い。わたしの仕事は肩書どおり。知事の側近、裏方の仕事」

「しかし、政策の提言や助言などもされるのでしょ」

「あたりまえだ。単なる秘書じゃない」

「だから狙われたとは考えられませんか」

「ありえん。わたしが表に立ってるわけじゃない」

「では、爆破事件をどうお考えですか」

「爆破の一報を聴いたとき、いやがらせと直感したね。石橋知事が発表する政策はどれも新鮮で、都民の喝采《かっさい》を浴びた。しかし、そうなるとやっかむ人もでてくる。新税などで標的にされた企業や団体は猛烈に怒り狂う。そうした組織や人たちのなかに分別の付かない人物も当然いるわけで、そうした輩の犯行かと思った」

「そのあとは」

「はあ」

「直感に変化が生じたのではありませんか」

「どうして」

「脅迫文が届き、それにはあなたが名指しされていた」

「すこし推理の幅がひろがったけれど、基本的には変わらない。とち狂った犯罪者だ」

「もう一度お訊《たず》ねしますが、個人的なトラブルを抱えているとか、怨みを買って……」

「ない」

怒気まみれのひと言にさえぎられた。

「脅迫文を読めばあきらかだ。くだらんことを考えるから、捜査が後手後手に回る」

「あなたが狙われたのですよ」

「わたしじゃない。わたしの車だ。爆破の時刻、わたしは職務中で、会議室にいた。わたしを狙うのなら、もっと確実な方法があっただろう」

「あなた個人への警告、威《おど》しとも考えられます」

「くどい」

斉藤の顔が朱に染まりだした。

いいぞ、もっとわめけ。もっと熱くなれ。

児島は、胸のうちで煽《あお》り立てた。

「爆破と脅迫が同一人物によるものと仮定しての話ですが、犯人はあなたをよく知ってることになります。マスコミは伏せたのに、脅迫文にはあなたの車を爆破させたと。そこでお訊ねしますが、あなたが都の政策にどうかかわっているかを知る立場にあるのはどういう人たちなのでしょう」

「一般都民はわからないと思うが、すくなくはない。都の職員のほとんどはわたしの仕事を認識してるし、政策の中身に関係する外部の組織や人物も知ってるだろう」

「たとえば、パチンコ業界の方々とか、産業廃棄物処理業者とか」

「その可能性は否定しない。だが、あくまでわたし個人ではなく、都への逆恨みだ。いいかね。政策立案者のわたしを怨み、かりにわたしを殺したとしても、都が決定する政策が消えてなくなるわけではない」

「そうですよね」

児島は、あっさり引きさがった。引き際の潔さはつぎの攻撃の威力を倍加させる。じつはきのう、朦朧《もうろう》とする頭が鋭く反応した単語があった。

「ところで、あなたはカジノ構想にもかかわっておられますよね」

斉藤の面の皮がわずかばかり弛《ゆる》んだ。知ってるじゃないか。そんな顔つきになった。

「お台場カジノの企画は進んでるのですか」

「お台場と決めつけてるわけじゃない。知事は、湾岸開発のシンボルとしてお台場を例に挙げたのだが、マスコミが騒いだおかげで、大迷惑してる」

「いずれにしても、石橋知事は積極的にアピールされてるようですが」

「ギャンブル産業は、まず都民の理解ありきだからね」

「東京だけでなく、瀬戸内や九州の地方自治体もカジノ構想を打ちだしていますが、カジノは疲弊しかけている地方自治体の救世主になりうる産業なのですか」

「もちろんだ。ラスベガスは別格として、マレーシアにあるゲンティン・カジノの場合、ホテルや関連施設を含め、年商は五千億円。東京でやれば、立地的な条件からしても、七、八千億円の利益を見込める。それに、周辺への相乗効果もかなり期待できるので、都の財政は一気に好転する」

「それなら、やるしかありませんね」

斉藤がおおきく頷いたけれど、笑みは見せなかった。

「実現するには幾つもの高いハードルを越えなければならない。第一に、カジノ場を設立するには国の法改正が必要になる」

「国が地方の財政的独立を公言してるのですから、法改正を勝ちとるいい機会でしょう」

「そう単純じゃない。霞が関の役人どもは、口で地方行政の改革を叫んでも、自分たちの利権が絡むと一筋縄ではいかなくなる」

「第二は」

「情報の漏洩《ろうえい》を防ぐことだな」

「……」

「用地ひとつとっても、莫大な利権をめぐって、熾烈《しれつ》な競争が行なわれる。その一方で、予定地周辺の住民は、環境の劣化や治安を不安がり、反対運動を起こす」

「それほどの利権が動くのなら、爆破騒ぎが起きても不思議ではない」

「なにを言ってる。カジノ構想はあくまで構想にすぎないのだ」

「先走る連中がいるかもしれません」

「話にならん。もういいか。まだ仕事が残ってる」

斉藤が腰を浮かせる前に、これまで黙っていた室町が口をひらいた。

「特別秘書官に抜擢された理由をおしえていただけませんか」

「はあ」

「三十一歳の若さで……」

「仕事の能力に歳《とし》など関係ない。それに、肩書はたいそうでも臨時雇いの身だ。仕事ができたとしても、知事が辞めればクビになる」

「以前は都市経済研究所におられたとか」

「君ねえ。くだらん質問をする前に、やることがたくさんあるだろ」

斉藤が眼を三角にして立ちあがる。

児島は、座ったまま見送った。また、頭が重くなってきた。


中野新橋の和食処・円の二階で、鹿取信介は酒を呑んでいた。二日ぶりに見る彼の顔は赤く弛み、どこからどう眺めても我が家で寛ぐ亭主の様である。

児島は、声もかけずに上着を脱ぎ捨て、彼の正面に胡坐をかいた。

すかさず、毒矢が飛んできた。

「しけた面《つら》、しやがって」

「鹿取さんは呑気《のんき》でいいな」

「俺のでる幕はねえよ」

鹿取が冷酒の小瓶を突きだしながら言葉をたした。

「係長の人選ミスだな。俺やおまえに役人の相手など務まるわけねえのに」

「まったくです」

なみなみと注がれた酒をあおった。

「で、どうなんだ、感触は」

「揃いも揃ってって感じです。あれは間違いなく口裏を合わせてますね」

「知事はどうだった」

「そうそう。今回ばかりは鹿取さんの読みもはずれました」

「どういう意味だ」

「あの人、自分らではなく、公安の連中を頼りにしています」

「本人がそう言ったのか」

「情報の管理という点では、捜査刑事より公安刑事のほうがふさわしいと。犯人との接触の可能性がある政策広報室に公安刑事を張り付かせています」

「さすがにぬかりねえな」

「えっ」

「公安と仲よくする絶好のチャンスだ」

「そんな。都庁の一大事のさなかなんですよ」

「だからこそだ。やつはもう書き屋じゃねえ。政治家なんだ。できる政治家てのはな、有事にこそ己の存在感を示したがるし、それをうまく利用する」

児島は、がくっとうなだれた。そんな話を聞くたびに政治の世界が遠ざかっていく。

「おまえ、抵抗しなかったのか」

「しましたよ。おかげで嫌われたようで。もう会ってくれないでしょう」

「おまえが会いたくねえんだろ」

「鹿取さんは、知事絡みの事件と思ってるのですか」

「そういうわけじゃねえが……」

「歯切れが悪いですよ」

「喋るとますますおまえの嫌気が増すぜ」

「いいから話してください」

鹿取が酒をあおってから口をひらく。

「内閣情報調査室が動き始めたらしい」

「内閣情報調査室……公安調査庁ではなくて」

児島は、たしかめるように訊いた。

日本国内を対象にした情報機関は三つ存在する。警察公安と法務省内の公安調査庁、それに、内閣直轄の内閣情報調査室。ほかに、外務省と防衛庁のなかにも情報機関があるけれど、こちらは国外の情報を収集するのが主任務である。

三つの情報機関のうち、内閣情報調査室は手足がない。つまり、国の安全を脅かし、国益を損ないかねない組織や人物を監視・追尾調査する者がいないのである。そのため、情報収集の手段として、関係各省庁の出先機関やマスコミ関連企業などを使っている。ありていにいえば、一般に機密費と称する報償費で情報を買っている。それらの情報を集収・分析、あるいは管理するのが内閣情報調査室の仕事である。

警察公安と公安調査庁は、国民の安全と利益を護るという基本任務も、捜査もしくは調査対象者を監視・追尾するのもおなじだが、組織構造が異なるため、その手法についてはおおきく異なる。警察公安には約八千名の人員がおり、彼らは警視庁公安部や各道府県本部の警備部の公安課、主要所轄署の警備課公安係に配され、さらに、警務課や生活安全課などの庇《ひさし》を借り、身分を秘匿して隠密《おんみつ》活動を行なう公安刑事も存在する。他方、公安調査庁は、本丸と都市部にある法務省支部に人員を配しているけれど、その実態はあきらかにされていない。活動の拠点となる部署がすくないため、諜報員《ちょうほういん》として宗教法人や教職員組合などに潜入している者もいる。いわゆる、スパイだ。

みずからは情報収集活動を行なわない内閣情報調査室にしては動きが早すぎる。それよりなにより、そういう情報を入手できる鹿取の能力に、あらためて驚かされた。

「どうして内閣情報調査室が」

「あそこが動く理由はふたつしか考えられん。事件が政治にかかわる恐れがあるか、あるいは、政治に利用しようとしているか、のどちらかだ。どっちにしてもろくなことにならん。うちの幹部連中は、警察庁をとおして、永田町の思惑に振り回されるだろう。いい例が北朝鮮の悪玉の息子。拉致《らち》事案を抱える警察当局は色めき立ったんだが、総理官邸や外務省は極秘に国外へ放出しようと画策した。激怒した警察はマスコミにリーク。そうするよう命じたのは警察族の大物議員だった」

「きな臭い話、ほんと得意ですね」

「ふん。今回の件で、情報機関が早々に動くのは予想できた」

「タカ派の石橋の存在ですか」

「ああ。石橋は、与党の民和党との太いパイプを持ってる。なにしろ、弱小集団とはいえ民和党内で派閥の領袖《りょうしゅう》にもなった男だ。しかし、民和党の東京都連が石橋を支えても、永田町は一線を画している。オモテとウラは違う。露骨に石橋を嫌う連中もいる」

「なにかあれば失脚させようとの腹ですか」

「それはない。やつほどの人気者はいないからな。けど、自由奔放な発言は容認しても、民和党本部の邪魔になる身勝手な行動は許さない」

「知事の弱味を摑《つか》もうとしてるわけですね」

「永田町の住人の常套《じょうとう》手段だ」

「ばかばかしい」

児島は、吐き捨てるように言い放ち、煙草を喫《す》いつけた。

「石橋はそれくらいのこと、百も承知だろう。で、警視庁の公安部を抱え込んだ」

「でも、壁にはならんでしょう。内閣情報調査室の歴代トップは警察官僚。それも、警備局長か、警備局を経験した警察大学長が就くんでしょ」

「おまえが警視庁の公安部長ならどうする」

「なにをです」

「石橋の意向に背いて、警察庁や内閣情報調査室に情報を垂れ流すのか」

「それは……」

「できんだろ。警察庁から出向してきたキャリアといっても、警視庁で飯を食ってる。筋目や義理は捨てられても、己の人生は捨てられん」

「知事はそこまで読んで、公安を手元に引き寄せた」

「そういうところだろうな」

「むかついてきました」

児島は、煙草を捩《ね》じり消し、箸を手にした。腹が立つと無性に食べたくなる。満腹になれば尖った神経がまるくなる。そうやって、精神のバランスを保ってきた。

座卓に並ぶ料理を片付ける。昼食時が嘘のような食欲である。

そのあいだ手酌酒をやっていた鹿取がぼそっとつぶやいた。

「なんで斉藤の車なんだ」

「えっ」

「いまの都庁は、イコール、石橋知事だろ。都の政策に不満があるなら石橋の車を狙ったほうがてっとり早いじゃねぇか」

「知事は厳重に警護されてます」

「車もか。事件発生時、知事はどこにいた」

「執務室です。知事は週に二日しか出勤しないのですが、その日はたまたま……」

「たまたまじゃねぇな。都庁を脅迫するような野郎なら、石橋のスケジュールくらい調べてるはずだ。それなのに、どうして石橋の車を爆破しなかった」

「斉藤が知事の腹心だからでしょう。斉藤は臨時雇いの身とか言ってましたが、かなりの自信家と見ました」

「気にいらんな」

「斉藤ですか」

「犯人の頭のなかだ」

「やる気になってきたようですね」

「ならん。俺たち三係は貧乏くじを引かされた」

「貧乏くじ……」

「捜査本部《チョウバ》の幹部連中は、初手の段階から都庁の政策広報室と公安部が連携するのを知ってたと思う。俺たちを都庁に張り付かせたのは公安にぶつける腹としか考えられん」

「それでもかまいませんよ。公安部とのトラブルには慣れてます」

「そんなことを言ってるんじゃねえ。幹部連中は、公安部ともめ、責任問題が生じたときのために、俺たち三係を利用しようと企《たくら》んでやがるのだ」

「それでも、犯人と接触できる一番近いところにいるのです」

「ほんと熱いよな」

「鹿取さんは表にでてこなくていいから、きな臭い情報を集めてください」

「どうした。やけにものわかりがいいな」

「都庁をうろつかれると危なくてしょうがない。始末書がふえるどころか、捜査本部から
はずされてしまいます」

「そのほうが楽だぜ」

「いやです。はずされたらデスクワークをやらされる」

「おまえ、刑事《デカ》の鑑《かがみ》だな」

「好きでなった仕事ですから」

「室町の坊やとおんなじか」

「あいつは、徽章《きしょう》のいっぱい付いた制服に憧《あこが》れてる。自分は私服のままで結構です」

「だから、刑事の鑑と言ってる。おまえは出世するタイプじゃない」

「警部にはなりますよ。警部になって、鹿取さんをこき使う」

「楽しみにしてるぜ」

そう言って、鹿取は身を倒した。手枕で横たわり、煙草をくゆらせる。

そこへ、女将がやってきた。

「あら、お布団、敷きましょうか」

「ああ、頼む」

なんなんだ、この二人は。

児島は、呆れ顔で、鹿取と女将の顔を交互に見やった。

5

螢橋政嗣は、緩やかな坂の途中で足を止め、右手の白壁の建物を見あげた。

以前、しばしばそのマンションの四階の一室を訪ねていた。

四角い窓に白のレースカーテンが張ってある。モスグリーンと黒のストライプのカーテンははずしたのだろうか。それとも、どこかへ移り住んだか。

霧雨に濡れた空気が脂《やに》まみれの胸を揺らし、螢橋は、ゆっくりと振り返った。

横浜港のくすんだ景色のなかに浮かびかけた二人の顔は鮮明にはならなかった。クラブでジャズを歌っていた女と彼女のひとり息子はいま、どうしているのか。

四十四年の人生で一度だけ、結婚を意識した女であった。捜査事案に絡んで彼女の息子を危険な目に遭わせたせいで、二人から離れた。あれから二年がすぎている。

螢橋は、ちいさく顔を左右に振り、軀の向きを戻した。

家庭に縁のない男が追憶に浸る資格はない。そう決めつけて生きてきた。

坂道をのぼって、路地を左に折れる。

瀟洒《しょうしゃ》なマンションのエントランスに足を踏みいれたときは息が乱れていた。歳か。あるいは、おぼろな映像を引き摺《ず》っているのか。だが、立ち止まることなくエレベータに乗って七階まであがった。

インターホンを押すと、すぐに玄関の扉がひらいた。

素顔の女が真白い歯を見せた。ナイトラウンジ・恵のママ、神谷七恵である。耳を隠したストレートヘアに新鮮さを覚えた。縦縞のシャツにジーパン姿も初めてだ。

「ドアの前で待ってたんか」

「そう。男が来るの、ひさしぶりだもん」

「つまみ食いの相手は部屋にいれんのか」

「面倒事は苦手なの」

リビングに案内された。二十畳ほどの部屋はいたってシンプルで、おおきなソファとサイドテーブル、ほかはテレビと、キッチン近くにダイニングテーブルがあるだけで、観葉植物や装飾品はない。ペットも飼っていないようだ。

俺の部屋に似てるな。

螢橋は、そう感じた。生き物はおかない。部屋には必要な物だけを配し、こぎれいに整《せい》頓《とん》しておく。公安刑事をやっているかぎり、そのスタンスは変わらないだろう。死と向き合って生きる勇気はないが、いつかやってくる死への覚悟はある。

「お昼、食べたの」

背に声が届いた。時刻は一時をすぎたところだ。

「簡単でよければ作ってあげる」

「頼む。その前に、あれを見せてくれ」

朴正健の私物がある。きのう、七恵の店でそうおしえられ、興味をそそられた。連れて行かれたのは三畳ほどの納戸だった。手前にふたつの段ボールがある。

「これ」と、七恵が指さし、言いたした。

「わたし、料理を作るね」

七恵が消えると、螢橋は床に胡坐をかき、段ボールを開いた。なかの物をすべてとりだし、床に並べる。

段ボールのひとつは書物ばかり。金融・経済関連の書籍や雑誌が大半で、ハングル文字の雑誌や法律書もある。それらすべてを手にとり、ぱらぱらとめくったが、付箋《ふせん》や挟み物はなかった。内容にも神経は反応しない。

もうひとつの段ボールの中身から黒革の手帳を手にする。

冒頭のカレンダーは朴正健が失踪した年のものだった。スケジュール欄には日本語で細かい文字が書き込まれ、アドレスの頁には五十名ほどの氏名と電話番号がある。どちらも幾つか、記憶の固有名詞と合致したけれど、胸がざわつくことはなかった。薄れかけた文字と、携帯電話の番号のすくないことが歳月の永さを感じさせる。

封筒に入った数枚の写真を見つけた。二人、三人を撮ったものだが、背景にも複数の人が写っている。パーティ会場あたりか。被写体の顔のほとんどは覚えていた。

市販のノートが三冊。いずれにもアルファベットと数字が並び、固有名詞どころか、文章やメモ書きの類は記されていない。

外国為替管理法違反の文字が浮かんだ。

KENコンサルタントは建築・不動産のコンサルタント業務を行なっていたが、もうひとつ、ウラの稼業もやっていた。無認可でのエージェント業務である。

八十年代半ばから九十年代にかけて、日本全土が経済バブルの浮かれ熱に冒されていたころ、日本人は競い合うようにして海外旅行へでかけた。しかし、カネはあっても法律で百万円以上の現金は持ちだせなかった。クレジットカードにも上限がある。

なんとか日本人が使いたがるカネを奪えないものか。

カジノ場をはじめとする外国のレジャー企業は考えた。そして、エージェントが誕生する。旅行代理店の裏側に張り付く闇企業や、資産的に信用がある人物と契約した。

エージェントは、博奕《ばくち》好きや買物好きな者にささやき、彼らにカネを預けさせた。デポジットである。預ける金額によって恩典を付け、一千万円を超える預金者には、航空運賃やホテル代、さらには滞在中の食費や交通費のいっさいを無料にした。客がデポジットの額を消費しても、エージェントが保証すれば、現地でカネを調達できた。

悪名高い地上げ屋を筆頭に、不動産関係者や金融マンがラスベガスに落としたカネは数兆円ともいわれている。それらの大半は、現地のレジャー企業と日本のエージェントとのあいだの緊密な連携プレイによって、地下銀行を経由し、国外へ運びだされた。

経済バブル期に飛び交ったお札は、気が付けば、日本にはほとんど残っていなかった。

おなじ時期、年金のプール金や、各協同組合の預託金も、投資目的で海を渡ったけれど、そのほとんどは戻ってこなかった。

十年前まで、朴正健は、韓国や米国のレジャー企業と連携する大物エージェントのひとりだった。彼にまつわる犯罪事案の核は、政官業三つ巴《どもえ》の贈収賄疑惑であったが、彼が韓国籍なため、公安部署が主力となり、闇のエージェント業務を暴こうとしたのだ。

無意識に、ため息がこぼれでた。

どうして、神谷七恵に接近しなかったのか。

螢橋は、手段を選ばない公安刑事である。仕事をやり遂げるためならなんでもやる。銃弾を飛ばした回数は神奈川県警で突出している。捜査対象者やその周辺の者に怪我を負わせた事例はかぞえきれない。捜査のために女を抱いたこともある。

七恵の顔が浮かんだ。人懐こく、どこか弛んだ顔。そのせいで隙をみせたのか。

「できたよ」

あかるい声が届き、螢橋は、写真が入った封筒と三冊のノートを手に納戸をでた。

「すこしぐらい平気でしょ」

七恵が白ワインのボトルを手にする。

それをことわり、缶ビールのプルタブを引き開けた。アルコールに贅沢は言わないが、酸味と炭酸は好まない。ひと口呑み、箸を手にする。フォークも苦手だ。

「お店が休みの日に来てくれたら、ちゃんとしたもの食べさせたのに」

「これで充分や」

中華風ドレッシングのサラダも、タラコと大葉のスパゲティも旨かった。

食べ終わって顔をあげると、七恵はワイングラスを片手に、にこにこしていた。そのときようやく、七恵の前に料理がないのに気づいた。

「おまえは食べんのか」

「先に済ませたの。自分の部屋で男の人と食べるの、ちょっと照れ臭いもん」

「なんやねん、それ。朴正健とはどうやった」

「どうして彼の名前を知ってるの」

「調べた」

七恵の頬が弛む。

「やつに惚《ほ》れてたようやな」

「えっ」

「段ボールのなかに、やつが身に付けてた小物があった。男のにおいがする物を残しておくんは未練がある証やろ」

「未練にはいろんな種類があるわ」

「打算か。やつがひょっこり現れると期待してたんか」

「すこしはね。それで、捨てそびれちゃった。ここ何年かは、魔除《まよ》けにしてた」

「ふーん」

「ねえ」

七恵が顔を近づける。

「ホタルさんて、結婚したことないの」

「ない」

「彼女は」

「おまえとおんなじ」

「じゃあ、気が向いたらいつでもおいで。ごはん、食べさせてあげる」

「照れ臭いんやなかったんか」

「それは繋がってない男」

「やめとく。容疑者とは寝ん」

「なに、それ」

「東京の刑事《デカ》、おまえを疑ってるようや」

「どうして。わたし、新島になんか行ってないよ」

「残念ながら、アリバイは成立せん。なにせ十年も前や。死亡推定日に幅がある」

「痴情怨恨。朴はカネ持ちやったさかい、金銭トラブルの線も捨て切れん」

「動機は」

「そんな」

「捜査マニュアルの話や。いまごろ、おまえの身辺を調べとるやろ」

「でも、あれから電話もないわ」

「刑事が店に来たんはおまえの反応を探るため」

「遺骨は口実……」

「たぶんな。誰かて、十年前の愛人が引きとってくれるとは思うてへん」

「そうよね」

七恵が肩を落とした。

「また刑事が来たら連絡せえ。俺が話つけたる」

「かっこいい」

声が弾んだ。切り替えが早いうえに、単純なので、七恵の表情はころころ変わる。

「ところで、これなんやが」

螢橋は、一枚の写真をテーブルにおいた。朴が右端にいる三人の写真だ。

「まんなかの男、東和地所の中村八念やな」

近視の七恵が写真に顔を近づける。

「どや」

「顔は見たような気がするけど……東和地所って、大手の不動産会社よね」

「中村はそこの専務。十年前は五十一歳で、本社の営業統括本部長やった」

「だめ。やっぱりわからない。左端の人なら知ってるけど」

「ほお。岡部透《おかべとおる》をか」

「ホタルさん」

七恵が語気を強め、顔をあげる。

「ずいぶんくわしいのね」

「さっき言うたやろ。おまえを助けるのに情報を集めた」

「ありがとう。それなら、岡部さんの身元も」

「民和党の大物、後藤勝正《ごとうかつまさ》の私設秘書。当時、後藤は内閣官房長官だった」

「凄《すご》い」

「岡部がおまえの店に来たんか」

今度はとぼけて訊いた。ナイトラウンジ・恵のオープンの日、朴は、岡部と、彼の秘書仲間三人を連れて店を訪ねている。後藤勝正の名が記された花輪も目撃した。

「開店の日と、それから何度か」

「朴が消えてからもか」

「朴がいなくなったあとも、年に一回か二回……でも、この四、五年は来てない」

「中村はどうや。思いだせんのか」

一度きりだが、螢橋は、朴と中村が店に入るところを見ている。

それを口にするのを我慢して待ったが、七恵の記憶から欠落しているようである。

「ごめん」

「かまへん」

「でも、どうして、その中村さんにこだわってるの」

「朴殺害の容疑、ほかに向けたほうがええやろ」

「そっか」

「ところで、朴と岡部やが、どんな様子やった。仲がよさそうとか」

「一緒に来たのはたしか三回だったと思うけど、朴はいつも上機嫌で……そうそう、岡部さんと来た夜、でかい仕事をやるんだとか言ってた」

「岡部とか」

「そこまでは……言わなかったと思う」

「ふーん」

螢橋は、曖昧《あいまい》に返し、腰を浮かした。

「もう帰るの」

「これから東京へ行く。おまえのための情報集めや」

「車で送ってあげる」

「酒呑んどるやないか」

「平気。刑事さんが一緒だもん」

ことわる理由はない。そういうことには無頓着《むとんちゃく》を決め込んでいる。

この部屋に来ると、いつも不快な気分にさせられる。

そういう先入観がこびりついているので、呼びつけられた時点で神経が暴れだし、感情の抑制が利かなくなり、口調が乱暴になる。

窓際にクロスする国旗と警察旗がやたらめだつほどのこぢんまりとした部屋である。旗がおかれているのは警視庁の総監室や各都道府県の本部長室、それに所轄署の署長室と相場が決まっているのに、この部屋の主はわがままをとおしたらしい。

警備部長の一丸康史《いちまるやすし》は、ソファで悠然と待ち構えていた。螢橋が呼びつけられるさいはほとんど同席する公安第二課長の姿はない。

部屋に入るや、螢橋はそのことを訝《いぶか》しがった。

なんの用やねん。

胸のうちで問いかけ、一丸の正面に座る。

五分前、東京から神奈川県警本部に戻った途端、デスクの電話が鳴った。幾度もかけていたのか、螢橋の姿を見た同僚が一丸に報じたのか。

どちらにしても、たいした用事ではなさそうな気がした。

一丸の表情に余裕がある。警察キャリアながら、柔道の猛者《もさ》で、制服組とは思えないほど体軀がよく、マル暴刑事に劣らない面構えをしている。歳は五十五。四十代はじめまでは、警察庁の田中一朗と並び、将来を嘱望される人物だったらしい。それがどう道をはずしたのか、慣例では二、三年で異動する地位に五年も居座っている。

ソファに背を預けたまま、一丸が声を発した。

「また、霞が関の仕事を始めたそうだな」

一丸は、田中の名を口にしないで、霞が関と言う。ライバル心はいまも健在なのだ。

「ひとり仕事やわ」

「その程度のことで、わが県警本部の者を使うのは許せんな」

「うちの事案にもかかわってる」

「その事案、報告書がまだあがってないようだが」

「もうすこし調べてからやな」

「霞が関とは切り離せ。朴正健の死亡が確認された時点で、わがほうの事案は終結した。外国為替管理法および出資法違反と、贈収賄罪での捜査を小規模態勢で継続させていたのは、被疑者に国外逃亡の可能性が残っていたからだ。おまえを新島へ行かせたのは、事案の幕引きをやらせるためで、捜査の継続ではない」

「わかってる。けど、公安の仕事は事案の解決だけやない。その背景を探り、今後の任務に活《い》かせるよう、情報を収集するのも重要な仕事」

「それ、霞が関の受け売りか」

「まあな」

蛍橋は、ためらいもなく応じた。

「まったく、霞が関はどうかしてる。ならず者のおまえを重用するとは」

「ならず者の正体をばらしてみたらどうやねん」

「とっくにやった。数々の規律違反、強請《ゆすり》たかり同然の職権乱用」

「ほお」

意外な気がした。一丸はプライドが高い男である。身内の恥を余所者《よそもの》に、それも、ライバル心むきだしの相手に告げるとは思ってもいなかった。それほど、螢橋を嫌っているのか。あるいは、田中との仲を裂きたいのか。

「それでも、霞が関はおまえを使いたがる」

「いっそのこと、俺をクビにしたらすっきりするわ」

「するか。ここまでくれば、おまえが奈落《ならく》の底に落ちるのを見届けたい」

「俺がしくじって、田中警視長に迷惑が及ぶのを期待してるんか」

「それも楽しみだな」

「きょうの要件は愚痴かい」

「ん」

「こう見えても、けっこう忙しいんや」

一丸が顔をしかめ、ややあって口をひらく。

「桜田門から苦情が来た」

「どんな」

「朴の周辺を嗅《か》ぎ回ってるのがめざわりらしい」

螢橋は、身を乗りだすようにして一丸の眼を見つめた。

一丸は視線を逸《そ》らさない。それであたりを付けた。向こう気の強さは逆の行動をとる。

「永田町の間違いと違うんか」

「ばかな。邪推だ」

「そうやろか。俺は、新島でも、帰ってからの捜査でも、警視庁の者とは鉢合わせしてへん。捜査対象者で身分をあかしたんは、東和地所の中村八念ひとり。脛《すね》に疵《きず》を持つ中村が警察に泣き付くはずはない。やつが相談する相手は政治家しか考えられん」

「憶測で決めつけるな」

「茶々をいれてきたのは誰やねん」

「……」

「まさか、後藤勝正……」

「違う」

引きつった声にさえぎられた。

「後藤先生がそんなことするわけないだろ」

後藤勝正は警察族議員の領袖である。警察庁の官房長を務めたあと政界に進出し、衆議院議員三期目で国家公安委員長に就いた。それ以降、現在に至るまで延々と、警察組織を支配し続けている。

十年前の朴正健にかけられた贈収賄疑惑で、螢橋は、後藤の私設秘書の岡部が仲介をしたと睨んでいる。収賄側の人物は建設族の議員だが、後藤とは親密な関係だった。

「電話をよこしたのは警視庁の刑事部長だ」

「なんと」

蛍橋は、眼をまるくした。

警視庁と神奈川県警は犬猿の仲である。そのうえ、刑事部署と公安部署は憎悪剝きだしでいがみ合っている。苦情にせよ、依頼にせよ、警視庁の刑事部長が神奈川県警の警備部長に電話をよこすとはとても信じられない。

「俺もびっくりした。おまえ、ほんとうにバッティングしてないのか」

「してへん。警視庁の刑事に見られた感覚もない」

蛍橋は、言いながら不安を覚えた。東京から帰ってくる途中、きつい視線を感じ、尾行されているような気分になった。だが、確信を持てるほどのことではない。

模糊《もこ》とした不安を隠した。

「むこうは俺の名を口にしたんか」

「ああ。立件できん事案の後始末くらいで、邪魔をしてくれるなと」

「てことは、俺が動いてる理由を知ってるんやな」

「たぶん」

蛍橋は押し黙った。頭が混乱しかけている。まさか自分が警察庁の田中警視長の密命を受けたことまでは知らないだろうとは思うが、やはり気になる。

「やっぱり変だな」

一丸がつぶやくように言った。

「そう思うてたんか」

「ああ。むこうは、おまえへの苦情だけで電話を切った。捜査協力の要請はなかった。それが気になってうちの刑事部に訊いてみたんだが、あっちにも要請はないそうだ」

「十年前のコロシ……それも、神奈川県警が的にかけてた捜査対象者を殺した犯人を見つけるんやさかい、気が入らんのやろ」

「それなら、おまえなんか無視すればいい」

「……」

「おまえ、好きにやっていいぞ」

「はあ」

「むこうの思惑を探りたくなった」

「ほんまに、ええんか」

「どういう意味だ」

「外国為替管理法と出資法に関する事案は、全貌《ぜんぼう》とはいかんかもしれんが、捜査報告書にまとめられそうや。けど、贈収賄事案は、警視庁の捜査事案と絡みそうな気がする」

「なにか摑んだのか」

螢橋は、ほんのわずか逡巡《しゅんじゅん》したあと、決断した。今回の件で一丸と烈《はげ》しくぶつかり合う展開にはならないと思う。

「贈賄側の主犯は、朴正健と、東和地所の中村八念で間違いない。問題は収賄のほう。両者の仲介役は、後藤勝正の腹心で、汚れ役をまかされてる岡部透。俺はそう睨んでる」

「だから、どうした」

「ん」

螢橋は、思わず顎をあげた。

全国で二十七万人を擁する警察組織のトップに立つのは、二年か四年で任期を終える警察庁長官でも、内閣改造のたびに顔が変わる国家公安委員長でもない。政権与党の民和党内にあって、警察族議員の領袖と認知された現役の国会議員、その人である。いまは、後藤勝正が警察権力を掌握している。

ほかの省庁に比べて大企業との接点がすくない警察庁は、こつこつと励み、警察利権を拡大してきた。最大利権は三十兆円産業といわれるパチンコ利権だが、その利権もプリペイドカードの導入や警備態勢の強化などで、警察庁の外郭団体をとおして利権の質と量を拡充させた。天下り先の確保に悩む心配はまったくない。

飴《あめ》と鞭《むち》を巧みに使い分け、それらの土台を築いたのが後藤勝正である。だから、警察官僚は後藤に頭があがらない。それどころか、彼を恐れている。

「おまえのタメロはもう慣れたが、この俺を舐《な》めるのは許さん」

「心配してるんや。そろそろほかに移りたいやろ」

「いずれでられる。潮目が変わればな。それに、半端なところへ飛ばされるくらいなら、ここのほうがいい」

「本音か」

「おまえはめざわりだが、愛着が湧いてきた」

螢橋は、眼の力を弛めた。神経に貼り付く棘《とげ》の幾つかが抜け落ちた。だが、だからといって一丸との距離が縮まったわけではない。好き嫌いの烈しさは死ぬまで変わらないだろう。そんなことで過去のわだかまりを水に流せるほど人間はできていない。

無言で立ちあがり、ドアロに向かう。ノブに手をかけたとき、背に声がした。

「警視庁ともめたら報告しろ」

「護ってくれますの」

己が吐いた言葉に驚いた。

やさしい口調に一丸の口が固まったのか、通路にでるまで返事はなかった。

6

はね起きて十秒も経《た》たないうちに、悪寒が襲ってきた。

黄色のパジャマは寝汗で肌にへばり付いている。

児島要は、枕元に視線をやった。畳の上にタオルと下着がおいてある。妻の洋子が用意してくれたものだ。普段は寝室のベッドで一緒に寝ているが、酔っ払って帰ったときは和室に布団を敷き、ひとりで寝る。洋子が酒臭いのを嫌うからだ。

うなされ声に眼が覚めたのか、洋子がやってきて、軀を拭き、シャツをとり替えてくれたのは、たしか五時ごろ。カーテンが白く見えたのを覚えている。

汗を拭きとり、下着を替える。そうするのも億劫《おっくう》なほど怠い。まだ熱がある。

煙草を喫いつけた。やたら、まずい。ひからびた咽が悲鳴をあげる。それでも、二度三度とふかした。ほかに覚醒《かくせい》させる方法を知らない。

水をほしくなって、そろりと起きあがった。

同時に襖《ふすま》が開き、洋子が顔を覗かせた。

「あら、起きて平気なの」

「会議がある」

ふと気付いて、時計を見た。午前十時をすぎている。朝の捜査会議は八時に設定されていた。途端、体熱がさらにあがった。

「なんで起こさなかった」

「だって、熱がひどかったもん」

「理由になるか」

「それなら自分で起きれば」

「なんだと」

「室町さんが見えたわよ」

「おまえが連絡したのか」

「そこまでしません」

ふてくされ顔の洋子が立ち去る。

児島は、身支度を整え、そとにでた。

車の運転席にいる室町の顔がやたらまぶしい。

助手席に乗り込み、シートベルトを掛ける。

「大丈夫なんですか」

「心配するのなら、なんで迎えにきた」

「先輩の性格、わかってますから」

「ふん」

「どうして、風邪を」

「きのう、鹿取さんと悪い酒をたらふく呑んだ」

「憂さ晴らしですか」

「ああ。都庁の連中のせいだ。帰りがけ、凄い雷雨に見舞われたのもな」

それだけなら、うなるほど熱はでなかったはずだ。熱い風呂に浸《つ》かって布団に潜ればよかったのだが、どうにも気になって都庁関連の資料を読んでしまった。

「いま、何度です」

「知らん」

「奥さん、五時ごろ測ったときは三十八度五分だったとか」

「よけいなことを」

「血の気の多い先輩が熱に弱いとは……平熱は三十六度二分ですってね」

「くそったれ。とっとと走らせろ」

車は、駒沢通から明治通を左折し、新宿方面へ向かう。途中、原宿のハンバーガーショップに気が向きかけたが、やめた。食欲はないし、車を降りるのが面倒くさい。

「鹿取さんは会議にでてたのか」

「いえ。倉田さんも。おかげで係長にぼやかれました」

「会議の中身は。ナシ割りはどうだ」

「成果なしです。爆弾に使用されたデジタル時計や乾電池は大手メーカーのもので、大量に市販されています。複数のリード線や雷管、布製のガムテープなども製造元を特定できたのですが、いずれも量販店で購入できる品ばかりだそうで。鑑識課の報告では、爆弾のなかにパチンコ玉や釘が混入されてなく、殺人目的ではなかったのではないかと」

「それでも、車に人が乗ってれば死んだんだろ」

「あの威力なので、そうなりますよね」

「ほかは」

「出席者は八十名ほど。やる気がないのか、早朝から聴き込みに励んでるのか、捜査態勢の半分とは、先行き怪しいもんです」

「雛壇の連中は機嫌悪かったろう」

「それが……なんとも締まらない顔ばかりで、覇気が感じられませんでした」

「公安の連中は来てたか」

「いえ。そういえば、連中が顔を見せたのは初回の会議だけでしたね」

「情報の要《かなめ》、政策広報室をおさえてる余裕だな」

「いったい、どうなるんでしょう」

「他人事《ひとごと》みたいに言うな。犯人をパクる。俺たちにはそれしかない」

言葉に熱をこめても、軀は冷めてくれない。

「薬を服《の》んだらどうです」

「忘れてきた」

「きっと、ポケットに入ってますよ」

「ん」

「玄関をでるとき、奥さんがなにかをいれてました」

上着のポケットを探ると、市販の風邪薬があった。

それをすくない唾液《だえき》で流し込んだ。

お昼の休憩を挟んで五時間。自動運転のエレベータのように昇降をくり返す体熱に苦しみながらも、なんとか予定していた都庁関係者への聴取を終えて車に戻ったときは一歩も歩きたくないほど疲弊しきっていた。

たぶん、また三十八度を超えている。平熱が低いうえに滅多に風邪をひかないので、熱への堪《こら》え性はまるでない。視線を横に振っただけでも、くらっとめまいがする。

助手席のシートを倒した。

すかさず、室町が話しかけてきた。

「病院へ行きましょうか」

「いい。それより、感想を聴かせろ。俺の勘は眠った」

「きのうまでとおなじですね。都庁の政策を語ると能弁なのに、事件との関連性に言及すると、口が重くなる。きょうは実務クラスの人たちだったので、なおさら慎重な発言がめだちました。こんなこと続けても無意味ですよ」

「最後の政策広報室長はどうだ」

「藤原允《ふじわらまこと》さんですか。実直な対応に感じましたが、やはり、肝心な部分になると……」

「攻めればなんとかなりそうな気がしたが」

「どうでしょう。自分らの聴取でも公安の刑事《デカ》が同席するのだから、あんまし期待できないと思いますが」

「ファックスやメールのなかにめぼしいブツはなかったか」

「まったく。どうせ、公安部の検閲済みで、疑わしいのは連中に抜かれてます」

「都庁の政策で引っかかるのは」

「事件との関連性ではどれがどうと言えませんが、すべての政策に共通してる点に、都庁のしたたかな思惑が感じられます」

「共通の点て、なんだ」

「いまマスコミを賑わせている政策は財源確保……つまり、課税の話ばかりですが、どこを課税のターゲットにすれば都民の支持を得られるか、じつによく考えています」

「金融や石油などの、これまで国が手厚く保護してきた企業を敵にしたことか」

「それだけではありません。ホテル税やパチンコ税、高速道路利用税に産業廃棄物税……どれも直接的には都民の生活に影響がないので、都民の多くは歓迎します」

「おまえは反対なのか」

「そうではありませんが、課税による企業の損益は必ず、そのしわ寄せが都民に向けられます。銀行の金利は低く抑えられたままになるだろうし、ガソリン代やホテルの室料はあがるでしょう。都民を喜ばせる政策が、いずれ都民の家計を苦しくする」

「さめた見方だな」

「そうでしょうか。自分が感じることなど、政策担当者は百も承知と思いますが」

「つまりなにか、人気とりのアドバルーンで、本音は実行する気がないと」

「かなり抵抗されるでしょうからね。道路や産廃は、企業がどうこうよりも、霞が関の外郭団体や自治体の出先機関が深くかかわっています」

「利権か」

「ええ。彼らはなんとしても利権を護ろうとする。へたをすれば、自分で自分のクビを絞めることになりかねない政策を本気で実行するでしょうか」

「ふーん」

児島は、生返事を返した。自分の最終目標は準キャリア組では初となる警視庁の刑事部長と公言してはばからない室町は、さすがによく勉強する。知識の吸収は貪欲《どんよく》である。だが、そんなことに感心している状況ではなくなってきた。もう気を失いそうだ。

ちらっと視線をくれた室町が車を発進させながら、話を続ける。

「パチンコ税は、警察組織が総力を挙げて反対しますよ」

「はあ」

「法的には認められていないけれど、パチンコはギャンブル。農林水産省とJRAの関係とおなじで、警察とパチンコは相互利権で強く結ばれてる。パチンコ産業が低迷すれば、警察組織も痛手を被る。反対するに決まってます」

「まさか……」

児島は、言いかけて、やめた。もう腐りかけている頭を使う気にはならない。

「着きましたよ」

室町の声で、児島は眼を開けた。

「どこだ」

「東京医科大の付属病院です」

それなら都庁から車で五分もあれば着く。その割にはずいぶん眠った気がする。

「新宿署に戻るんじゃなかったのか」

「そんな体調で会議にでても、皆の迷惑になるだけです」

「偉そうに」

「さあ。行きますよ」

室町がキーを抜き、そとにでたので観念した。

医師の診断は、発熱と咽の炎症の、典型的な夏風邪で、たいした症状ではないらしい。

それでも、あまりのやつれ顔に気を使ったのか、点滴をしてくれた。

室町のひやかしを聞いているうち、また眠りに堕ちた。

どれほど眠っていたのか、めざめると点滴がはずされていた。解熱剤を投与されたのもあって、気分はかなりましである。頭のなかもすっきりしてきた。

視界に室町の姿はない。

児島は、携帯電話で時刻を確認した。午後七時。二時間あまり寝ていたことになる。看護師に声をかけ、救急患者用の診察室をでた。通路にも、ロビーにも室町はいない。彼が伝言を残さずに病院を離れるわけがなく、かといって、病院内で携帯電話を鳴らすのは気がとがめる。ロビー隅の喫煙ルームに入った。隔離されたガラス張りの小屋はなんとも不愉快だが、椅子があるだけましである。

しばらくすると、エレベータから室町が現れた。中年の男と一緒だ。喫煙室の前で室町が向きを変えて歩き、中年男だけが入ってきた。

見知った顔だ。名はたしか、池上準《いけがみじゅん》。中野署捜査一係の刑事である。四日前まで出張っていた中野署で幾度か声をかけ合った。

「高熱をだされたとか……大丈夫ですか」

「ただの風邪です。あなたは」

「車を盗んで暴走したばかがいたでしょ」

池上は笑みを浮かべて、となりに腰をおろし、ハイライトをくわえた。ベテランの刑事はハイライトやピース、ショートホープなどのきつい煙草を好む。

「あなた方も追跡したそうですね」

「相棒がカーキチで」

「そりゃ、頼もしい」

「おかげで、休むまもなく、都庁の事件に回らされた」

「ご愁傷さまで」

「あなたは車の窃盗犯を」

「ええ。あの暴走車、JRの新宿西口駅近くで、トラックにぶつかってね。運転していた男は死亡。同乗の女は重傷を負い、ここへ運ばれてきた。きょうは、医師の許可がおりたので、事情を聴きに来たというわけです」

「盗難事件は中野署の所管内で起きたのですか」

「どうせなら新宿署のほうで盗んでくれればよかったのだが。せっかく来たのに、一過性の記憶喪失とかで、むだ足になった」

「中国人とか。高級車を狙う窃盗団の一味ですか」

「よくわからんのです。二人とも留学生で。死亡した男、江黄民《こうおうみん》は歌舞伎町に屯《たむろ》する不良中国人との付き合いがあったという噂もあるし、女のほうは、記憶喪失のうえに、財布以外の所持品がなくていまだ身元不明」

「被疑者死亡で幕を引きづらいと」

「そうでもないのですが、江のアパートの部屋から、中国の実家へ送金した百万円の明細書がでて、その出処《でどころ》も気になってる」

「面倒そうですね」

「被疑者死亡のあとの捜査ほど憂鬱《ゆううつ》なものはない」

「同感です」

池上が煙草を消したので、児島は腰をあげた。

二人して喫煙室をでると、室町が近づいてきた。室町の煙草嫌いは徹底している。

池上と離れ、室町に声をかける。

「なにしてた」

「爆破で巻き添えになった人に話を聴いてました」

「ここに搬送されてたのか」

「そんなことも知らなかったのですか」

「うるさい。それより、よけいなまねをすると、よその班に怒鳴られるぞ」

「せっかくのチャンスなので」

「成果はあったのか」

「だめでした。三人とも不審な車や人物は見かけなかったと」

「俺をここへ運んできたのがむだになったか」

「そんな。ほんとに心配したんです」

「行くぞ」

「もう会議は終わってますよ」

「えっ。政策広報室長の……それって、まずいんじゃないですか」

「おまえ、都庁に詰めても無意味と言ったじゃないか」

「でも、自宅まで押しかけるのは……ばれたら怒られます」

「毎度のことだ。慣れてる」

「うちの偉いさんではなく、石橋知事が激怒するかも」

「いやなら降りろ。ひとりで行くから、車のキーをよこせ」

「行きますよ。行きゃいいんでしょ」

「その前に、牛丼でも食うか」

「どうぞ、好きにしてください」

藤原允の自宅は、杉並区阿佐谷北の、閑静な住宅地の一角にあった。

玄関の灯はともっている。

児島は、門柱のインターホンを押し、名を告げた。

ややあって玄関のドアが開き、藤原が現れた。

「先ほどはどうも」

「どういうことです。夜分に家まで来られるとは」

あきらかな不満顔を見せながらも、藤原は門扉を開けてくれた。

「どうしても、早急にお訊ねしたいことがでてきまして」

「あした、都庁ではだめなのかね」

「知事の了解はもらっています」

背後で息を呑む気配があった。室町の心臓は凍りついたに違いない。

藤原の顔も強張《こわば》った。知事が了解したという事案の中身に緊張したのか、あるいは、児島の話に疑念を抱いたのかもしれない。

だが、児島は頓着《とんちゃく》しなかった。やると決めたら一歩も退かない。これまでとおなじで、予測される先の事態も無視する。それに、いまここで、藤原が知事に確認をとらないという、確信に似た思いがある。藤原は都庁一筋の役人である。入庁時から出世が約束されている上級キャリアではなく、地道にひとつずつ階段をのぼってきた。派手さはないが、実直で堅実な男。都庁内の、彼への評価はおおむね一致している。そんな男が賭けをやるとは思えない。勤務時間外に事実確認の電話をかけるリスクを恐れるはずだ。

「わかりました。どうぞ」

藤原がため息まじりに言い、踵を返して玄関に向かう。

児島は、室町に背を突かれたが、無言の抗議を無視し、あとに続いた。

ちいさな庭に臨む和室に案内された。

「ちょっとお待ちください」

藤原が部屋を去るや、となりの室町が耳元でささやきかけた。小声だが尖っている。

「知事に電話するのかも」

「ありえん」

「どうなっても知りませんよ」

「帰れ。いまならまに合う」

「もう遅いです」

お盆を手に、藤原が戻ってきた。お茶をさしだしながら口をひらく。

「家内がでかけてまして」

「おかまいなく」

「で、緊急のご用とは」

「夕方の会議で捜査のみなおしが議題にあがりましてね。せっかく都庁の皆さんの協力を得ながら、進展がありません。捜査員のなかには、都庁が情報を隠してるんじゃないか、独自に犯人と交渉してるんじゃないかと疑う者もいます」

「邪推だよ」

「もちろん、毎日、都庁の皆さんに接してる自分たちは反論しました」

「仲間内の話をわたしにされてもねえ」

「ほんとに申し訳ありません。ですが、このままでは捜査に混乱をきたします。それで、失礼を承知のうえで、いま一度お訊ねするのですが、犯人からの二度目のメッセージは届いていないのですね」

「ええ」

「政策広報室に詰めてる公安部に指示されているとか」

「ばかな」

「お恥ずかしい話、警視庁は伝統的に刑事部と公安部の折り合いが悪くて……のけ者にされてると勘ぐる連中も多い」

「聴きたくない」

「お怒りはごもっともですが、脅迫文の送り主が爆破事件にかかわっているのは間違いありません。犯人しか知りえない事実が書かれてますからね。それなのに、事件から四日が経っても連絡をよこさないのは異常です」

「だからといって、われわれを疑るのは不愉快。知事が耳にすれば激怒されるだろう」

「第二、第三の悲劇。自分はそれが起きるのを危惧しています」

児島は、声音を変え、強い口調で訴えた。

藤原が口を真一文字にする。わずかばかりだが、表情から怒気が薄れた。

児島は、一気にたたみかけた。

「そこでお訊ねしますが、事件発生以前に、都庁の政策に反対する、脅迫めいたメッセージが届いたということはありませんか」

「そのての抗議文や反対意見はまとめて見せたじゃないか」

「あなたが危険と感じたものはなかったのですか」

「都庁には毎日のように、賛成や反対、激励や抗議のメッセージが届く。われわれは、そのひとつひとつを精読、分析し、適切に対応してきた。今回の事件のような危険を感知していれば、警察に通報してる」

「量の多さに、慣れてしまったということは」

「失礼な」

「自分らにもよくあるのです。凶悪事件ばかりを扱ってると、感覚が麻痺《まひ》することが」

「わたしにはない。都庁の威信を背負って仕事をしてる」

「その都庁とも、あと半年でお別れ」

「えっ」

「来年早々には、都の出先機関に役員として行かれるそうですね」

「そんなことまで……事件となんの関係がある」

「他人事ながら、心配してるのです。あなただって、輝かしい経歴に疵を付けたくないでしょう。今回の件では、あなたが都庁の窓口。責任を負う立場にいる」

「わかってる」

「つぎなる事件が起きないよう……捜査にご協力ください。個人的なご意見でもかまわないのです。自分らは、情報元は死んでもあかしません」

「帰ってくれ」

藤原の声は、気のせいか、迫力が感じられなかった。

　児島は、手帳の一枚を破り、自分の携帯電話の番号を走り書きした。

　それを座卓に滑らせ、勢いよくと立ちあがった。


　桜田門の警視庁に戻るという室町と別れ、新宿で車を降りた。鹿取に電話し、彼が中野新橋の和食処・円にいるのがわかるや、倉田をそこへ呼びだした。

　児島から遅れること三十分。顔を見せるなり、倉田が声をかけてきた。

「おまえから召集をかけるとはめずらしいな」

「こいつ」と、鹿取が応じる。

「早くもブチ切れたらしい」

「ほお。いいじゃないの」

　ビールをあおった倉田が茶化すように言う。

「人気者の知事とやり合ったか」

「それなら頸が飛んでるでしょ」

「都庁にへばり付いてる公安か」

「あの連中、自分とは口をききません。自分らの聴取に立ち会っても、地蔵です。それでも、都庁の幹部連中を睨みつけてるので、まともな聴取ができない。仕方がないので、さっき、政策広報室長の自宅に押しかけました」

「会えたのか」

「ええ」

児島は、藤原とのやりとりを簡潔に話した。

「まずいぞ。知事に報告されたら、ほんとに頸が飛ぶ」

「そんときゃ、ここで板前修業しろ」

鹿取のひと言でまが空き、それぞれが酒を呑み、料理をつまんだ。

ほどなく、倉田が再開の口火を切った。

「で、どうする気だ」

「だらだらとやっていたのではらちがあきません。都庁からの情報は期待できないし、公安部の動きはまったく読めない。そこで、提案ですが、三係で都庁の幹部職員を監視するのはどうでしょう」

「おい」

倉田が眼光を尖らせた。

「俺たちが全員で動くのは犯人を絞り込んだときだけ。それが暗黙の決め事だろうが。犯人の目星が付かないどころか、事件の背景の欠片さえ見えない時点で動いてみろ。三係は捜査本部《チョウバ》からはずされ、全員が島流しにされる」

「倉田さんらしくないですね」

「なんだと」

「ほかに妙案があるのですか」

「ない。けど、いまは暴走するタイミングじゃない。俺たち三人がどう始末されようとかまわないが、若い三人を巻き添えにするな」

「もうしちゃいましたよ。きょうの件でお咎《とが》めがあれば、室町も危ない」

「まったく、どうしようもねえやつだな」

鹿取があいだに入る。

「そう熱くなるな。とりあえず、要の話を聴こうぜ」

児島は、煙草を喫いつけ、気を鎮めた。風邪熱がぶり返しそうだ。

「監視するのは六名。知事の石橋太郎、特別秘書官の斉藤伸之、副知事の勝瀬昭彦、政策広報室長の藤原允、それに、主税局長の村本功治と道路交通局長の飯田《いいだ》辰也《たつや》」

「多すぎる」

鹿取が言い放った。

「政策立案の主導的立場は誰だ」

「財務政策のすべてにかかわってるのは、勝瀬と斉藤、主税局長の村本ですね」

「三人ならなんとかなる」

「ほかにも重要政策はあります。カジノ構想とか、ロード・プライシングとか」

「企画の段階だろ。爆破事件を起こすほどの中身じゃねえ」

「待てよ」

倉田が割り込んだ。

「ほんとに政策が事件に絡んでるのか。脅迫が一回ぽっきりなら、ガセかもしれん」

児島は、即座に応じた。

「それは否定しません。でも、都庁が犯人との裏取引をしてるかもしれないし、都庁と公安部だけで動いてる可能性だってあります」

倉田が口を噤み、座卓の上に静寂がひろがる。

五秒か。十秒は経ったか。鹿取の声がそれを揺らした。

「乗ってみるか。全員が都庁に張り付いても仕方がない。俺たち三人が勝瀬と斉藤と村本をマークし、若手は都庁へ向かわせる。どうだ」

倉田が頷く。

それを見て、児島は意を強くした。

「自分は藤原を監視したいのですが」

「ほっとけ。実務者なんだろ。そういうやつは己の判断では動けん。動くとしても、誰かに相談し、指示をあおぐ。誰かは知事か政策立案者だから、三人をマークすれば済む」

「知事は」

「やつにはSPのほか、公安部の連中も警護してる」

「監視するだけなら誰が傍にいても関係ないでしょ」

「公安刑事《デカ》を舐めるな。やつらは独自の判断で動ける。上司の指示を待たないし、刑事部との折り合いなんて気にしない」

児島は、食いさがるのを諦めた。ハマのホタルを思い浮かべたからだ。

あんな身勝手で乱暴な刑事は初めて見た。捜査対象者と、その関係者の馳走になるばかりか、金品も受けとる。ヤクザ者と兄弟のように付き合い、平気で拳銃《けんじゅう》を抜く。悪刑事の見本だが、それでもなぜか惹かれている。

鹿取の言葉に、そうですね、と応えなかったのは倉田がいるからである。自分と鹿取が神奈川県警本部の公安刑事、螢橋政嗣と繫がっているのを仲間たちは知らない。刑事部捜査一課暮らしが永い倉田だが、鹿取が元公安刑事なのさえ知らないだろう。

倉田がおおきく息をついてから鹿取に言う。

「どうせやるなら、石橋も藤原もだな」

「俺たち三人で五人はむりだ」

「若手のうち、室町を都庁へ行かせ、残りの二人に藤原と村本を監視させる。おまえの言うとおり、実務者が独自の判断で動けないのなら、安全な張り込みになる。ついでに、今週だけでは成果を期待できんから、来週いっぱいやろう」

「よし、決まりだ。若手にはおまえが連絡しろ」

「わかった。で、俺たちの相手だが……」

「俺は石橋をやる」

鹿取の口調は強かった。

公安部を気にしている。

児島は、とっさにそう感じたけれど、もちろん、口にしなかった。

7

駿河《するが》湾からのやわらかな風を背に見あげた先、夏色の富士山がどっしり座っている。朴正健の前妻は、静かな風景がひろがる小高い丘の上に住んでいた。

警察庁の田中一朗が送ってくる情報のおかげで、むだのない仕事ができる。情報には新島殺人事件の捜査状況も含まれているので、捜査刑事との接触も避けられる。

螢橋政嗣は、白亜の洋館を囲む塀をたどって、鉄扉の前に立った。

表札に、西口和子《にしぐちかずこ》と、晴香《はるか》。西口和子には鮮明な記憶がある。

インターホンを押すと、二十メートルは離れている玄関から若い女が現れた。

彼女の姿がおおきくなるにつれて、記憶はあざやかさを増した。

顔も容姿も、歩く様も、記憶の残像と瓜二つである。雰囲気も似ている。異なるのは服装だけだ。記憶の女はロングスカートしか見たことがないが、眼前の女は白のチノパンツに青紫のTシャツ。胸元に揺れる髪は亜麻色である。和子のひとり娘、晴香を最後に見たのは八、九年前。中学生の晴香もきれいな顔をしていた。

遺伝やな。

螢橋は、胸のうちでつぶやいた。

晴香が逆光に眼を細める。

「電話をされた……」

「神奈川県警の螢橋です」

晴香が無言で背を向ける。

迷惑な訪問者なのは自覚している。電話で和子に面談を申し込んださいの、会話に紛れてかすかに届く若い女の声は尖っていた。

二階の応接室に案内された。

アーチ形の窓から、右手に富士山、左に駿河湾を眺められる。こういうところで安穏と暮らす人々の心に気が向きかけたけれど、感情はそよぎもしなかった。

螢橋は、パノラマを背にしてソファに座った。

立ったままの晴香が硬い表情で口をひらく。

「母は健康がすぐれませんので、お話は手短にお願いします」

そう言って、返事も待たずに姿を消した。

ほどなく、晴香に支えられるようにして西口和子が現れた。

螢橋は息を呑んだ。

過去に三度、会っている。初めて和子を見たときは、思わず声が洩れた。パーティ会場で、いかつい顔の男の傍らに佇立するドレス姿の和子は、じつに清楚《せいそ》で、それでいて優雅だった。朴が失踪したあとに横浜の自宅を訪ね、初めて言葉を交わしたときも、黒のロングスカートにクリーム色のブラウスと身なりは違ったけれど、印象はおなじだった。

その和子の顔つきが昏《くら》く沈んでいる。頬が削げ、眼は生気がない。

たしか四十五、六歳だが、痩《や》せ細った容姿は六十歳ほどに見える。

螢橋は、パノラマを背に座った好運をすなおに喜んだ。

穏やかに澄み切った風景を背にして和子を座らせるのは残酷すぎる。

晴香が立ち去ると、気をとりなおし、和子に話しかけた。

「お軀の具合がよくないとか」

「ええ。ずっと入退院をくり返していまして……それより、ご用の向きは。やはり、朴のことなのでしょうか」

「遺骨を引きとらんかったそうやね」

「失踪から七年が経《た》ったときに、あの人との縁は切りました。そうとうの遺産を貰いながら薄情だと、警視庁の刑事さんに嫌味を言われましたが、もう過去は捨てました。背負って生きるほど元気ではありませんし……生前の朴を精一杯支えたことで、わたしのわがままも許されるのではないかと思っています」

「その遺産ですが、大半は先妻の身内へ渡されたとか」

「結婚はしても、気持ちは内縁の妻でしたので」

「どうして」

「朴が結婚前の約束を破って、帰化してくれなかったからです」

「……」

言葉がでない。そういうことに反応できない生き方をしてきた。

「あのう、きょうはなにを」

「失踪当時のことをお訊ねしたくて」

「あの当時もずいぶん……まるで犯人扱いでした」

「申し訳ない」

螢橋は、丁寧に頭をさげた。

朴の失踪に関して、表立って動いたのは県警本部の捜査二課だった。内偵を含む半年間の捜査で三つの疑惑の核心に迫れず、朴逮捕に至らなかった捜査員らは、朴が忽然《こつぜん》と姿を消したことに慌てふためき、そして、苛立《いらだ》ちを隠さなかった。連中のなかには、朴の二、三百億ともいわれる資産を頭に、西口和子と朴の失踪を結びつけたがる者もいた。捜査の過程で、夫婦仲がよくないとの噂を入手していたからである。

当時の和子は、軽度の鬱《うつ》を患っているうえに、朴失踪の十日ほど前に胃潰瘍の摘出手術を行なって自宅療養の身であった。和子の身辺にいたのは娘の晴香だけで、彼女以外の誰も和子の姿を見ていなかった。

螢橋は、ポケットに突っ込んだ手をすぐに戻した。煙草を我慢する礼儀くらいはある。

「東和地所の中村八念、覚えておられますか」

「ええ。晴香が中学に入学したとき、自宅までお祝を持って来られて……その日は、夜遅くまで二人でお酒を呑んでました」

「どんな様子でした」

「同席しませんでしたので……ただ、応接室からは笑い声が絶えず、朴にしてはめずらしいと、そんなふうに感じて……だから、よく覚えているのです」

「普段の、自宅にいるときの朴とは違うてた」

「それもありますが、朴が自宅に招くのは在日の方ばかりでしたから」

「中村は朴に招かれたのですか」

「前日でしたか、大事な人が来ると……そう言われました」

「その一度きり」

「もう一度。わたしが胃潰瘍の手術をした翌々日に病院で……でも……」

「なにか」

「中村さんがお見舞に来られた夜の朴はとても不機嫌で……花を床に投げつけ……」

「中村が持ってきた花を」

「ええ。中村さんに腹を立てていたのかどうかはわかりませんが」

「ところで、新島に心あたりは」

「三日前にこられた警視庁の刑事さんにもお話ししたのですが、朴から新島の話を聞かされたことはありません」

「もうひとつ。あのころ、朴はおおきな仕事を抱えてたようやけど」

和子が弱々しく顔を振る。

「仕事の話はいっさい。パーティとか、夫人同伴でないと格好がつかないと連れだされましたが、そのときもわたしの前ではしませんでした」

晴香が入ってきて、螢橋の前に立つ。

「そろそろいいでしょうか」

螢橋は、きつい表情の彼女に頷き、和子に声をかけた。

「朴のアルバムやビデオはありませんか」

「彼の私物は、ここへ引っ越すさい、すべて処分しました」

「先妻の身内へ」

「一応、打診したのですが、そちらで処分してくれと」

「おカネだけは喜んでとったくせに」と、晴香が罵《ののし》った。

「晴香。そんなこと、他人様《ひとさま》の前で言うものではありません」

和子が気丈にたしなめ、螢橋に視線を戻す。

「すみません。この子は気が強くて」

「お二人の胸中は察してるつもりです」

「それなら、もうここへ来ないでください」

「晴香っ」

声を強めた和子が背をまるめ、手のひらを左胸にあてた。

晴香が慌てて近づき、腰をかがめた。

「おかあさん、大丈夫」

和子の苦しそうな顔を見て、晴香が尖った視線を投げてきた。

「母は心臓が弱ってるの。もう、帰ってください」

螢橋は、ドアロまで行き、振り返った。

清潔な空間のまんなかで、母と娘がうずくまっている。

そのむこうのパノラマがレンタルの風景画のように見えた。


螢橋は、野下山の自宅マンションに帰るとすぐ、リビングの窓を開けた。

路地角に黒のセダンが停まっている。

どうやら、尾行を隠す気はないらしい。

今朝もおなじ場所にいて、外出すると、付かず離れず尾《つ》いてきた。静岡までの往復も、県警本部に寄ったあとの帰り道も、おなじ距離を保って追尾していた。

静岡へ行く途中、パーキングエリアで車を停めた。セダンも停車すれば、相手の顔を拝んでやろうと思ったのだが、セダンはパーキングエリアをすぎた路肩で待っていた。

尾行を気づかれるのはかまわなくても、面を合わせるのは望まないようだ。

中村八念か、岡部透の息のかかる者か。あるいは、警視庁の捜査員か。県警本部警備部長の一丸康史とのやりとりを反芻《はんすう》しても、尾行者の正体はぼやけたままだった。

煙草を喫いつけ、携帯電話を手にした。

《俺だ》

警視庁の鹿取信介の声はくぐもって聴こえた。

「仕事中ならかけなおす」

《いや、いい。見張りながらのひとり酒は退屈する。ちょうどよかった》

「気づかれんのか」

《へまはやらん。ホテルのバーだが、俺がいるのは空きのめだつカウンター》

「女を呼ばんかい。カモフラージュに、退屈しのぎ。おまえむきやないか」

《ばか。おまえと違って、俺は、かわいい女を仕事の小道具にはせん》

「ふん。で、れいの件、なにかわかったか」

《警視庁の刑事部に、おまえを監視するようなひま人はおらん》

「たしかか」

《ああ。新島のコロシを担当する者に探りをいれた》

「おおきに」

《あっさり引きさがるな》

「ん」

《刑事部にはおらんと言ったんだぜ》

「……」

螢橋は言葉に詰まった。言葉の意味は理解したけれど、頭が対応できない。鹿取は夢にも思わなかったことを口にしたのだ。

《おまえを監視してるかどうかは定かじゃねえが、新島の件に絡んで、警視庁の公安が動いてるようだ》

「なんでやねん。あそこは十年前の事案にかかわってへん」

《おまえの大好きな人から聴いてないのか》

警察庁の田中一朗をさしている。鹿取も田中を尊敬するひとりだ。公安部を放出されてしばらくして、田中に戻ってこないかと打診され、鹿取はそれをことわったそうだ。縁があるのなら、自分が刑事部に異動させられる前に田中が警察庁の公安課長に就いていた。真実のほどはわからないけれど、それが鹿取の言い分である。

「公安部の話はでんかった」

日本の警察で部扱いになっているのは警視庁のみ。ほかは警備部の公安課である。

《ほかに情報は》

「うちの警備部長に呼びつけられ、桜田門の刑事部長から苦情がきたと」

《ありえん。そんな話、信用してるのか》

「するか。俺は、桜田門の刑事と鉢合わせしてへん。それをおしえてやると、警備部長も頚を傾《かし》げてたわ」

《妙やな》

「ああ。で、部長にかまをかけた。後藤勝正かと」
《ほお》
「十年前の、贈収賄の事案やが……後藤の秘書、岡部が仲介役をしてたと睨んでる」
《上司の反応は》
「はずれたようや」
《見張り、いまもいるのか》
「俺のマンションの傍におる。俺が見ながら話してるのを観察してるやろ」
《ぶつかってみろ》
「降りていけば逃げると思う」
《やましい連中ならそんなに堂々としてられんな》
「それよ。公安部なら納得できるが、理由がわからん」
《後藤の可能性はあるかも……いや、待て。それならあの人が知らんわけはない》
「あの人はタヌキで、始末に悪い」
《くっくっく》
鹿取の含み笑いはすぐに消えた。どうやら、監視対象者が動きだしたようだ。
《二、三日、待ってろ。俺が調べてやる》
電話は一方的に切れた。
螢橋は、薄闇のなかのセダンに向かって紫煙を飛ばし、踵を返した。

コーヒーを淹《い》れ、ソファに寛ぐ。十数年前に古道具屋で買った、いかにも古めかしいソファが尖った神経を和らげてくれる。

不意に、昼間の光景が浮かんだ。西口和子と晴香が、背をまるめて屈《かが》んでいる。まるで世俗から逃れたい一心で身を寄せ合っているように見えた。

それも有り余るカネがあればこそやろ。

乱暴な言葉を思いつき、頭《かぶり》を振る。己に家族を語る資格がないのは自覚している。二十四歳で公安刑事になって以降、他人をあざむき、己の心にも嘘《うそ》をついて生きていく習癖が身に沁み付いた。二年前に一度だけ、それを洗い落とせるような恋をしたけれど、これが最後かもしれないと思っていた職務のせいで、彼女と別れた。

いまはもう恋をする熱情も勇気もない。心にひびがはいるのを恐れている。

西口和子と会ったのは、たったひとつのことが気になっているからだ。ナイトラウンジ・恵のママ、神谷七恵が口にした、でかい仕事の中身とはなんなのか。後藤の秘書、岡部と呑んだあとの、朴のひと言なので、なおのこと頭から離れない。

十年前、神奈川県警刑事部にたれ込みのファックスが流れてきた。

KENコンサルタントの朴正健が、民和党の衆議院議員に違法献金をしており、贈賄の疑いがある、というもので、違法献金については、日付と金額を記してあった。

朴が在日韓国人のため、捜査二課が公安課に打診。朴の闇エージェントの実態を内偵捜査していた公安二課は、自分らの仕事をやり遂げる目的で合同捜査を申しいれた。捜査二課が捜査に着手すれば、公安事案の捜査の邪魔になると読んだからである。

だがしかし、違法献金の事実はほぼ摑んだものの、その背景が見えなかった。贈賄疑惑の相手も、献金先の二名の国会議員と推察されたが、こちらも背景がわからなかった。献金も贈賄も、無償の行為とは考えられない。ましてや、カネ儲けが得意な朴である。見返りなくして一銭のカネをもさしだすわけがない。

捜査は行き詰まりかけ、捜査員からは、贈賄はガセネタではないかとの声が聞こえはじめた。そんな矢先の、朴失踪であった。

螢橋は、コーヒーを呑み、煙草をくゆらせてから、視線を落とした。

テーブルにはA四サイズの用紙がある。東京の海運会社の資料をコピーしたものだ。十年前の記録が残っていたのはコンピュータが普及したおかげである。紙の資料ならとっくに遺棄されていた。記録等の保管義務には時効がある。

東京の竹芝と新島を結ぶ貨客船は、往路復路とも一日一便。新島行きは午後十時に竹芝桟橋を出航し、翌朝の十時に着く。それはいまも十年前も変わらない。ことしからジェット船が就航したけれど、螢橋は、朴の足跡をたどって貨客船に乗った。

九月十六日の乗客は五十八名。そのなかに朴正健の名があった。

朴は新島行きを隠す必要がなかったということだろう。しかし、朴の乗船は急だった。その日の夜の商談をキャンセルしてまで新島へ行ったのだから、それなりの理由があったことになる。同日の午前八時に自宅をでて、船に乗るまでの十四時間あまり、朴はどこでなにをしていたのか。それはいまも判明していない。

新島にどんな急用ができたのか。

いずれにしても、朴は新島で殺害され、遺棄されたのはたしかである。船上で殺されていれば、下船時に乗船客の人数が合わないので乗務員が調査する。船旅では投身自殺の恐れがあるので、乗客数の確認には神経を使う。

蛍橋は、九月十六日前後の一週間分の乗客リストを持ち帰った。朴の死亡推定日に幅があるためだが、十四日からの三日間に的を絞っている。

殺人犯はその三日間の乗客リストのなかにいる。その思いは確信にちかい。

警視庁の刑事らも大差のない推測をして、乗客リストを手に聴き込み捜査をしているはずである。それでも、殺人犯にたどりつくのは容易ではあるまい。十年は永い。なんらかの理由で氏名を偽った者もいるだろうし、姓や住所を変えた者もいるだろう。事故や病気で死亡した人がいるかもしれない。

蛍橋は、まだ乗客リストで動いてはいない。動けないのだ。警視庁の刑事と遭遇する危険を負うだけでなく、気が遠くなるほどの時間と体力を要する。しかし、リスト潰しを放棄しているわけではない。勘が待てのサインをだしている。

煙草を消し、背をまるめ、ソファに横たわる。

一分と経たないうちに、携帯電話の着信音が鳴った。

パネルの数字を見て、身を起こした。電話とはいえ、寝て話すのは気が引ける。

《いま、どこだね》

田中一朗の声はあかるい。音楽がまじって聴こえる。ジャズ。車か。田中の頭のなかは読めなくても、そういう連想はできるようになった。

「自宅です」

《横になって、わたしからの連絡を待ってた》

螢橋は、条件反射で窓を見やった。五階の窓のそとは闇に沈んでいる。

《電話のあとで、警視庁の捜査資料を流す》

「ありがとうございます」

勘はあたった。それが感謝の言葉になった。

《捜査のほうは進展してるのか》

「それが、まったく」

《東和地所の中村八念は尻尾《しっぽ》を見せなかったのか》

「どうして、中村と会ったのを」

《十年前、あなたが中村をマークしていたのはわかってる》

「しかし……」

《わたしの読みの根拠など、どうでもいい。それより、中村だよ》

「警視長は、やつが朴殺害にかかわってるとお考えですか」

《あなたとおなじ。有力容疑者のひとり。といっても、実行犯ではないが》

「自分は、中村が購入した新島の土地が贈収賄疑惑に絡んでると睨んでいます」
《新島の土地購入については幾つかの情報を入手してるが、現時点で口にするのは控えておく。あなたの捜査に混乱をきたすかもしれないのでね》
「警視長の邪魔にはならないのですか」
《ん》
「天の声……」
笑い声が鼓膜を震わせた。
《あなたらしくもない。はっきり言えばいいじゃないか。後藤勝正が動いてるのかと》
「自分は監視されています。おそらく、二十四時間態勢で」
《警視庁の公安部だろ》
「新島の件で公安部が動いてるのですか」
《確証はない。わたしのところを経由していないからね》
「後藤がじかに指示をだした」
《どうかな》
「ほかに誰が動かせると」
《誰だって動かせる。悔しいが、警察組織といえども利権が存在する。それ以前に、誰もが保身を考える》
「警視長も」

《わたしだって生身の人間だよ。それはともかく、この世には、あなたに動かれると困る連中が大勢いる》
「はあ」
《己を過小評価してないか。あなたは、悪党どもの天敵なのだ》
あほらしくなった。
警察官は皆、悪党の敵ではありませんか。
言いかけて、口を噤んだ。
そうではない輩もいる。悪党の傀儡《かいらい》になる警察官だっている。永田町や霞が関の命令に逆らえない警察官僚は掃いて捨てるほどいるだろう。
《監視してる連中、邪魔なのか》
「いいえ。素性さえわかれば、逆に、捜査の方向性を示す目安になります」
《もめてもかまわないよ。わたしのことは気にするな》
「そうはいきません」
警察組織から警視長がいなくなれば、日本はだめになる。
そんな言葉が頭に浮かび、照れ臭くなった。心の片隅でそう思っているのかもしれないけれど、もちろん、口にはしない。

8

どうにも落ち着かない。

暮れなずむ一時の、半端な街の風景も、空を流れる鉛色の雲も気にいらない。

児島要は、助手席でしきりに軀を動かしている。まだ風邪が治りきっていないのか、あちらこちらの関節がきしむ。気力がみなぎってこない。

都庁の特別秘書官の斉藤伸之が赤坂二丁目のオフィスビルに消えて一時間になる。そのビルの三階に、斉藤の古巣、都市経済研究所がある。

四日前の夜の、和食処・円での作戦会議で、鹿取が石橋知事を、倉田が勝瀬副知事を、児島は斉藤を監視すると決まった。

月曜日のけさ、斉藤は八時に青山の自宅マンションをでて、まっすぐ都庁へ向かい、夕方の五時まで庁舎内にいた。都庁で聴き込みを行なっていた室町の頑固な要求もあって、いまは彼が運転する車で斉藤を尾行している。

「先輩」

室町の声に、視線をオフィスビルに向ける。

二人の男が現れ、ＴＢＳがある乃木坂《のぎざか》方面へ歩きだした。

車がゆっくり動く。

「連れは、都市経済研究所の主幹、内田優《うちだまさる》です」

「内田優……どこかで聞いたような……」

「きっとテレビでしょう。売れっ子のエコノミストで、日本も市場原理主義を導入し、経済を活性化させるべきと……滑らかな口調で、よく喋《しゃべ》る」

「なんだ、市場原理主義って」

「簡単に言えば、これまでの規制を緩和・排除し、企業や個人の能力を競わせることで経済を発展させれば、それに刺激され、引っ張られて、国や国民が豊かになると」

「監視も規制もしないから、好き勝手にやれってことか」

室町が口をまるくし、ややあって、声を立て笑った。

「なにがおかしい」

「だって、先輩の言い方のほうがわかりやすい」

「ややこしいのが苦手なだけだ」

「いま、アメリカの共和党政権が強力に推し進めていましてね。戦後の日本が貫いてきた保護政策・護送船団方式をよしとする連中は内田をアメリカの手先とこきおろしてるけれど、国民に人気のある総理は内田を買ってるようです」

「ふーん」

「興味ないんですか」

「ない」

「弱肉強食の時代になれば、格差が拡大し、いずれ、弱者・貧者は切り捨てられます」

「いいから、内田の話に戻せ」

「はいはい。内田を買ってる大物はほかにもいます」

「まさか、都知事の石橋」

「その、まさかです。内田は、三十歳でアメリカ留学から帰ってきて、母校のM大学で講師を務めたあと、十二年前、三十四歳のとき都市経済研究所を設立したのですが、その後ろ盾となったのが当時は国会議員の石橋と、新日本電気の奥田《おくだ》英夫《ひでお》でした」

「奥田って、経済団体協議会のトップのか」

「ええ。奥田はいまも石橋と親交が深く、総理とも近いといわれています」

「つまり、斉藤は内田の推薦で特別秘書官になった」

「たぶん」

乃木坂通を山王坂方面へ歩いていた斉藤と内田は一ツ木通を左折し、旧TBS会館をすぎてから雑居ビルに入った。

室町が車を停めて飛びだし、二人のあとを追う。

児島は動かなかった。

ビル前の歩道に、ステーキハウス よしみ の看板が見える。

二か月前、神奈川県警の螢橋に呼びだされ、たらふく食べた。鹿取と二人して、見返りを求められるのを承知のうえで馳走になったのだが、暴力団・三好組の三好組長が経営する店とおしえられたときはさすがに慌てた。それでも吐かなかった。螢橋も鹿取もフダ付きの悪刑事だが、仕事はできるし、底の知れない魅力を感じる。

　小走りに戻ってきた室町が助手席の窓から声を放つ。

「地下のステーキハウス。どうしましょう」

「乗れ」

「誰かと会うかもしれませんよ」

「それなら一緒にでてくるさ」

「でも……」

「経費はでんぞ。いいのか」

　室町が渋々の面で運転席に戻る。

「俺たちは顔を合わせてる。仕方ないだろ」

　言いながらも、児島はうしろめたさを覚えた。

　ステーキハウス・よしみは、ゆったりとしたスペースにU字型のカウンターと個室が三つの店で、なかはかなり照明の光度を抑えている。店内の様子を窺うくらいなら斉藤に気づかれないだろう。それでも入る気にはならない。螢橋に招かれてひと月ほど経《た》ったある日、妻の洋子に夕食をねだられ、よしみに連れて行った。支給されたばかりのボーナスの小遣いで支払うつもりだったのだが、店長が頑として拒否した。妻の前でもめるのは面倒なので数日経って訪ねたのだが、やはり、店長は受けとらなかった。理由を訊くと、三好組長に殺される、と真顔で返された。

そういう経緯があるので覗けない。顔を見せれば店内に引き摺り込まれる。

「先輩は、土日も斉藤を見張ってたんですよね」

「まったくのむだだったが」

「捜査にむだはないって……先輩の口癖でしょ」

「そりゃそうだが、斉藤は一歩も自宅をでなかった」

「なかにいたんですか」

「夕方、電気が点《つ》いた。四階の角部屋だから見えるんだ」

「斉藤の自宅、億ションだって知ってましたか」

「いや。それがどうした」

「気楽なひとり暮らしとはいえ、毎月二十万円のローン返済は大変でしょう」

「おまえ、やつの資産を調べたのか」

「はい。いつもの手口で」

警視庁の情報管理室に同期の女がいて、室町は捜査のたびに彼女から犯罪データなどの内部資料を入手している。もちろん、上司の許可がなければ規律違反になる。

「あそこは犯罪歴のない個人情報まで集めてるのか」

「それはないでしょうが、個人情報なんて、どんなに規制を強化しても洩れます」

「かもしれんが、ほどほどにしておかんと、抜き差しならんようになるぞ」

「もう、危ないかもしれません」

「結婚するのか」

「警視になったら考えます」

「それなら俺たちとつるむな。警視どころか、警部にもなれんまま定年を迎える。その前に、懲戒免職があるかもしれん」

「ぼくはいつも異動願を持ち歩いてます。道連れにさせられそうになったら、課長に土下座してでもそれを受理してもらいます」

「俺に嚇《おど》されたとでも言う気か」

「出世のためならなんでも」

「やってられん」

「斉藤の個人情報、知りたくないんですか」

「もったい付けるな」

児島は、手渡された資料を見て、眼をまるくした。

一枚目は斉藤伸之の自宅の電話と携帯電話の通話記録である。送受信の時刻が秒単位まで記されている。そのあとに相手先と通話時間。期間は六月一日から、きのうの十九日まで。当然かもしれないが、携帯電話に関しては、爆発が起きた日から三日間の利用回数が圧倒的に多い。とくにめだつのは古巣の都市経済研究所の主幹、内田優とのやりとり。続いて、野口澄子《のぐちすみこ》なる女。初めて知る名前だ。

「この女は」

「彼女でしょう。交際のウラはまだとれていませんが、身元は割れました。虎ノ門にある大手不動産会社、東和地所で秘書をやってます。歳は二十八」

「しかし、こんなもの持ちだして、ほんとに大丈夫か」

「もう読んだじゃないですか。さあ、続きを」

児島は、三枚目、四枚目をめくって唖然《あぜん》とした。背筋が寒くなる。知事室の電話と、石橋個人の携帯電話の通話記録が載っている。さらに、副知事の勝瀬、政策広報室の藤原など、三係が監視する幹部全員の情報が集められていた。

この資料の存在が露見すれば、間違いなく室町は懲戒免職になる。警察組織は内部の恥部を隠ぺいする体質なので告訴はしないだろうが、情報管理室の女も失職する。

「責任をとって、いまのうちに結婚しろ」

「その前に、ぼくらにステーキを食べさせてください」

「はあ」

「あの店、ちらっと覗いたんですが、いい雰囲気で、但馬牛って書いてありました」

児島は、口を真一文字に結んだ。

いつかて、好きなん食わせたる。

螢橋のささやきが口から飛びだしそうになった。毒も慣れれば毒ではなくなる。

路肩に車を停めて一時間半がすぎたころ、斉藤が路上に立った。連れは二人。都市経済研究所の内田と、スーツ姿の五十年配の男。短い立ち話のあと、三人が離れた。

斉藤がタクシーに向かって手を挙げる。その車には五十年配の男が乗り込み、斉藤は後続のタクシーに近づく。

「おまえは前のタクシーを追え」

そう言いながら、児島は車を降りた。

今夜は斉藤に用がない。刑事の勘に指図され、内田のあとを追う。

児島要は、左手で頬をさすった。

一時間前に殴られた箇所は、痛くはないが、まだ赤い線が走っている。

「この、ばかたれが」

怒声とともに、平手が飛んできた。

かわせないスピードではなかったが、児島は、それを左の頬で受けた。

上司の稲垣係長が、痩軀《そうく》を挺《てい》して部下を擁護しているのはわかっている。

――俺は出世を諦めた――

――おまえらを部下に持ったのが運の尽き。警官人生で最大の不幸だ――

幾度も聴かされた言葉である。

その稲垣に、朝の捜査会議が終わるや腕をとられ、裏庭へ連れられた。

早くも別線捜査がばれてしまったのか。その思いが神妙にさせた。刑事部きっての激情型で、火の玉小僧とか暴走特急とか渾名《あだな》される児島だが、いつも胃薬を持ち歩く人情派の稲垣に楯を突く気はない。それしきの恩義は持ち合わせている。

「すこしは後先を考えろ。相手は警視庁のスポンサーなんだぞ」

「えっ」

「とぼけるな。政策広報室長の自宅に押しかけたそうじゃないか」

「それですか」

「ほかにも殴られる覚えがあるのか」

「別線かと」

捜査手法でいちいち相談はしないけれど、稲垣に嘘をつこうとは思わない。それにしても、心底驚いた。あの藤原允が知事に報告するとは想定外である。

「まったく。どうしようもねえな」

稲垣が呆れたように言い、煙草を口に挟む。

児島は、自分もくわえ、上司に火を点けてやった。

「別線捜査の中身は聴かん。胃に穴が空くからな。けど、これから知事に詫《わ》びてこい。それと、むこうに行って、公安部との確執を喋るな」

「けど、自分らの捜査が進展しないのは……」

「違う」

児島の不満は、稲垣の強い口調に抑えられた。

「今回にかぎって、公安部は協力的だ。すくなくとも、捜査にかかわる重要な情報は秘匿していない。捜査会議の前に行なわれる幹部会議でのやりとりでそれくらいわかる。だから、公安部の連中を非難するのはやめろ」

児島は、応接室のソファで、頬をなでながら、稲垣の充血した眼を思いだした。

知事の石橋もおなじ眼をしているのだろうか。

ふとよぎり、顔を振る。

たとえそうでも、質が違うだろう。愛情と憎悪は天と地の差がある。

ほどなくして、石橋がジャンパー姿で現れた。初面談で見た気の許せない笑みこそなかったが、怒っているふうにも見えない。

多くのマスコミが流布する、感情が顔にでる性格を、児島は信じていない。腹の底で笑って、顔で怒る。そんな芸当が容易にできる人物と思っている。

正面に座るなり、石橋が声をかけてきた。

「不満そうな顔をしてるな」

児島は、背筋を伸ばした。

「正直、不満です。知事は全職員の方々に協力させると言われました」

「たしかに。だが、礼儀と節度は護らねばならない」

「しかし、今回の場合、捜査協力は公務にひとしいのではありませんか。地下の駐車場とはいえ、都庁が爆破され、脅迫されてるのです」

「どんな状況でも侵せないプライバシーがある。夜中に自宅まで押しかけるのは憂慮すべき人権侵害で、非常識だ」

「捜査刑事の仕事は常識のなかにおさまりません。とくに、自分ら捜査一課は、非常識な犯人を相手に戦っているのです」

「では訊くが……木曜の夜は、非常識な行動をとらねばならないほど逼迫《ひっぱく》した状況にあったのかね」

「爆破が起きた時点で非常事態です。にもかかわらず、都庁内は時間が止まってる」

「どういう意味だ」

「毎日、大勢の捜査員が都庁関係者と面談してるのですが、入手する情報に進展がありません。それって、不自然です。脅迫事件なのですよ」

「隠し事をしてると言うのか」

石橋が唾を飛ばした。

それでも、児島はひるまない。ただ頭をさげて帰るだけでは、係長の温情に背く。己の信念を捨て、平身低頭する部下を持つ上司は不幸だ。

「せめて、自分らを政策広報室に常駐させてください」

「その件は検討した。しかし、情報管理と危機管理は別……それが結論だった。警察内部の意思の疎通を図れば済むことだとの意見もでた」

「知事は、どうお考えなのですか」

「私見は控える。知事としての権限はあるが、私見を押しつけることはできない。ヒトラーのような権力者じゃないからね」

いったい、誰があなたに逆らうというのですか。

そのひと言は胸に留めた。

公安部が主導権を手放そうとしないのか。都行政の漏洩を恐れる側近がいるのか。

いずれにしても、まともではない。料簡《りょうけん》が狭すぎる。

「君は、ここへ詫びに来たのではないのか」

「嘘をつき、申し訳ありませんでした」

児島は、姿勢を正し、深々と頭をさげた。

視線を戻した先で、石橋が怪訝そうな顔をしている。

「藤原さんの自宅を訪ねたとき、知事の許可を得ていると……嘘をつきました」

「ほお」

石橋の表情が弛む。

それを見て、確信した。藤原は、刑事が自宅に来た、と報告したのだ。おそらく、あとで事が露見して叱責《しっせき》されるのを恐れたのだろう。

児島は、まを空けなかった。石橋が構えなおす前に攻めたい。

「ひとつお訊ねしますが、どうして斉藤さんを特別秘書官に任命されたのですか」

「そんなこと、事件と関係……」

「あります。捜査本部はまだ、斉藤さん個人への怨恨の線も捨てていません」

「そういうことだから、捜査が進展しないのだ」

「あらゆる可能性を排除しないのが捜査の鉄則です」

「斉藤君に代わる人材がいるならおしえてもらいたいね」

「そんな話ではありません。どうして、斉藤さんなのかと」

「頭が悪いね。彼は優秀という喩《たと》えだ」

「内田優さんの推薦ですか」

「関係ねえだろ」

石橋が乱暴に返した。頬がかすかに痙攣《けいれん》している。

児島は、開けた引き戸の前で立ちつくした。この世で見てはならないものを見てしまったように口をあんぐりとし、まばたきを忘れて瞳を固まらせた。

「よっ」

声をかけられても動けなかった。だが、次第に腹が捩《よじ》れ、笑い声が弾けた。

「なんですか、その格好は」

「見りゃわかるだろ。掃除だ。おまえも手伝え」

シャツの上からエプロンを掛けた鹿取が雑巾を投げてよこした。

「そんな」と、カウンター内の女将が声を上擦らせる。

「ごめんなさいね、児島さん。この人、どういう風の吹きまわしか、自分から手伝ってくれて……こんなこと初めて。きっと台風がやってきますよ」

「うるさい」

鹿取が椅子に腰をおろし、煙草を喫いつける。

そこへ、上着を肩に引っかけ、倉田がやってきた。

「おお、要、生きてたか」

「おおげさな」

カウンターの角を挟んで、鹿取と、児島、倉田が座る。

女将がビール瓶とグラスをおく。皆が勤務中でも酒を呑むのを知っている。

和食処・円はランチをやっていないので、昼間に集まるときは、カウンターで女将の手料理を食べることになる。

乾杯のあと、児島は知事室でのやりとりを詳細に話した。石橋と渡り合ったことに後悔はないけれど、仲間に迷惑をかけるかもしれない。その一抹の不安が喋らせた。

「たいしたことないな」

倉田がつぶやいた。

「えっ」

「知事よ。吠えたら咬みつけってんだ」

「それより、知事の反応、過敏すぎると思いませんか」

「公安部の連中が知恵をつけてるんだろ」

「それはねえ」と、鹿取が応じる。

鹿取のひと言に、倉田が視線をぶつける。

「なんで言い切れる」

「連中は、他人事に口をださん」

「他人だと……敵の間違いじゃないのか」

倉田がむきになったので、児島は割って入った。

「鹿取さん。知事の動きは」

「呑気《のんき》なもんだ。土日とも自宅にこもってた。孫と散歩した以外、そとにでなかった。金曜の夜から、商業デザイナーの息子が家族連れで来てたらしい」

「きのうは」

鹿取に代わって、倉田が応える。

「都庁ちかくのホテルで、副知事の勝瀬と会食。中華料理店の個室でな」

「二人きりですか」

「ああ。それにしても、あの連中の監視はカネがかかる。五目ソバ一杯で三千円だぜ」

「ここはタダだ。腹いっぱい食え」

「ほんとか」

「さっき、俺が肉体労働で払った」

女将が遠慮ぎみに笑う。

「ところで、要。斉藤はどうだった」

児島が昨夜の出来事を話しているあいだ、カウンターに料理が並んだ。昼食には多すぎるほどの品数と量である。

腹が鳴き、児島は、ステーキハウスのところで話を中断した。

倉田が言う。

「ステーキなら三千円で済まんな」

「なかには入りません。但馬牛なんて、口が腫れちゃいますよ」

俯きかげんでもくもくと食べる鹿取の腹は、おそらく、笑いで捻《ね》じれている。早々と、ステーキハウス・よしみは鹿取のなじみの店のひとつになったはずである。

「そこで誰と会ってた」

「岡部透。民和党の国会議員、後藤勝正の私設秘書とか」

「なんだと」

倉田が声をはねあげた。

鹿取のほうは表情を変えずに箸を動かしている。

「どうしました」

「どうって、おまえ……後藤勝正を知らんのか」

「知ってますよ。警察庁の出身でしょ」

「その程度か」

「……」

「すこしは、自分がいる組織の勉強しろ。後藤は警察族議員のドン。つまりは、警察権力のすべてを掌握してる。政治絡みの事件は、必ずやつにお伺いを立てなければ捜査が進展しないとまで言われてる」

「しかし、今回の舞台は都庁。永田町がでる幕はないと思うけど」

「石橋はかつて民和党の国会議員だから当然、後藤とは面識がある。後藤と連携し、警視庁を操作してるのかもしれんな」

「それはねえ」

鹿取がぼそっと言った。

すかさず、倉田が面を突きだした。

「なんで言い切れる」

「二人は犬猿の仲だった。石橋は弱小派閥ながらタカ派議員を束ね、一方の後藤は、保守本流の派閥に属する穏健派。とくに、安全保障の分野ではことごとく対立してた」

「国会での話だろ。いまは、生きてる土俵が異なる。警察組織を牛耳る後藤と、警視庁を指揮下におく石橋。利害が共通する部分もあるんじゃないのか」

「警察権力と利権を巡って、さらに対立を深めたとも考えられる」

「それならどうして、石橋のブレーンと、後藤の秘書が会う」

鹿取は応えなかった。考える素振りも見せず、また食べだした。

児島は、鹿取の胸のうちを思った。

警察組織のてっぺんにいる連中の動きを知っているのではないか。元公安刑事の鹿取はその方面の動静にあかるい。本人は語らないが、彼がいまもなお警察組織に幾つものパイプを持っていると、児島は読んでいる。しかし、ここでの質問ははばかられる。三係で鹿取の過去を知っているのは児島ひとりなのだ。

倉田も深追いしなかったので、児島は報告を再開した。

「斉藤はひとりでタクシーに乗ったんですが、自分は、内田優を尾けました」

「得意のひらめきか」

倉田が茶化すように言った。

彼の説によれば、児島の歳では刑事の勘は熟成されないそうで、経験がたりない刑事のとっさの思いつきをひらめきというらしい。

「勘です」

わざと反発し、続ける。

「斎藤らと別れた内田はひとりで、赤坂のみすじ通に面した雑居ビルにあるセレナーデというクラブに入りました」

「おまえも」

「ええ。カウンターでハウスボトルを呑んだのに、二万円もふんだくられて」

「領収書をよこせ」

鹿取が手のひらを突きだした。

児島は、ためらわずに領収書を渡した。どうせ鹿取はそれをどこかでカネに換える。別線捜査の経費はときどき世話になる。そういうことでは神経が麻痺《まひ》してしまった。

「その店で内田は、六十年配の男と合流しました。名前は中村八念。大手不動産会社、東和地所の専務です」

となりで息を呑む気配を感じた。鹿取のほうだ。しかし、口はひらかない。

児島は、鹿取をそとに連れだしたい衝動に駆られたが、ぐっと我慢した。

そのとき、携帯電話の着信音が鳴った。

パネルに並ぶ番号に覚えがない。それでも、電話にでた。


三十分後、児島は、小田急線の下北沢駅に立った。

時刻は午後二時すぎ。プチ渋谷と称される下北沢の街は若者たちの姿がめだつ。賑やかな通りの路地をぬけた先に、古い建物が密集していた。古くから学生が多く住む街のせいなのか、木造アパートがめだつ。

手帳に走り書きした住所を確認しようとしたとき、頭上から声がした。

アパートの二階の角部屋の窓に男の顔がある。中野署の池上。夏風邪で熱をだし、同僚の室町に運ばれた病院で偶然に再会した刑事である。

表札に名前がないのを確認し、なかへ入った。

手前が二畳ほどのキッチン、奥が六畳の和室で、窓際に二人の男がいる。若いほうは池上とコンビを組む刑事。彼の仏頂面で、歓迎されていないのがわかった。

池上が口をひらく。

「ここは盗難車の助手席に乗ってた女の部屋で、名前は楊玲芳《ようれいほう》、二十一歳」

「たしか留学生でしたね」

「そう。沿線のM大。まずは、これを見てください」

池上がパソコンの画面を指さした。

若い刑事が椅子に座ってマウスをスクロールする。

児島は、机に近づき、腰をかがめた。

画面の上部に、爆弾造りのマニュアル、の文字がでる。

「楊は工学部なので、爆弾に興味があってもおかしくはないが、爆弾を造る材料と道具一式が揃ってるとね」

そう言って、池上が壁際の段ボールの前で腰をおろす。

児島は、白の手袋をはめ、彼のとなりに座った。早くも心臓が暴れだしている。

段ボールのなかには、工具類のほか、三色のリード線や雷管、薄い金属板やガラスの小瓶などが雑然とある。

池上が円筒形の缶を手にした。

「これ、爆薬」

缶にコーヒー会社の名があるので、中身はコーヒー豆を挽《ひ》いたようにも見える。

椅子に座ったままの若者が声を発した。

「たぶん、スラリー爆弾です」

「ほお」

児島は、声を弾ませた。スラリー爆弾の名称は捜査会議で初めて知った。

池上がなにか言いたそうにしたが、若者が話を続ける。

「安全性が高く、それでいて、ダイナマイトより破壊力がある。ただ、爆弾造りに関しては初心者と思われます。ガラス瓶には硝酸カリウムや塩素系ナトリウムなど、混合してはいけない化学薬品が入ってるので、きっと試行錯誤したのでしょう」

池上が言い添える。

「こいつは、爆弾にくわしいんです」

「池上さんはどうしてここへ。たしか、女は一過性の記憶喪失になったと」

「きょうの早朝に逃走を図りました」

「記憶が戻った」

「ええ。同室の患者の話によると、昨夜、テレビドラマを観《み》てた楊が、突然に悲鳴をあげたらしく……車が爆破、炎上するシーンだったそうです」

「なるほど。でもどうして翌朝に」

「通路には制服警官がいたので、それまでは逃げる機会がなかったのでしょう」

「いま、楊は」

「うちの署で、引き続き聴取を行なってる」

「このことはもう中野署に報告されたのですか」

「あなたのことを思いだして……児島さんには先の事件でとてもお世話になった。きょうは、そのお礼です」

「感謝します。これから捜査本部《チヨウバ》に連絡してもかまいませんか」

児島は、眼の端で若者の顔を捉えた。口元を歪めている。

池上が即座に反応した。

「うちの署を先にしてください」

「失礼しました。自分は五分経ってかけます」

所轄署に臍《へそ》を曲げられてはなにかと不便する。まして、池上は顔を立ててくれたのだ。

「よろしく」

池上が返すのと、若者が携帯電話を手にするのは同時だった。

報告が終わるのを待って、池上が声をかけてきた。

「都庁の事件に絡んでるとすれば厄介になりそうだね」

「中国人だからですか」

「外交もそうだが、公安部もうるさい」

「慣れてますよ」

「あなたならそう言うと思った」

池上が薄く笑う。

児島には、笑みを浮かべる余裕がなかった。

「どうぞ、連絡してください」

「いや。やめておきます」

「どうして」

「また別線捜査をしてたのかと叱られます」

半分は本音。もう半分は、合同捜査になるだろう中野署を気遣った。

新宿署で緊急の捜査会議が開かれたのは午後八時。児島が下北沢のアパートに出向いて六時間後のことだった。第一回捜査会議のときと同数の百二十名の捜査員が集結した。加えて、中野署から十八名の捜査員が参加した。楊玲芳の部屋で押収された爆弾の成分が都庁爆破に使用されたものとほぼ同一と断定されたことで合同捜査会議になった。

楊は、すなおに聴取に応じているそうだが、まだ記憶の一部が欠落しているらしく、爆弾製造の背景と経緯に関しては曖昧なところがある。これまでの自供によれば、交通事故死した恋人の江黄民に爆弾造りを依頼され、その江は誰かに百万円で頼まれたらしい。中国公安部に調査を依頼した外務省の報告では、江黄民の妹に内臓疾患があり、その手術費用として百万円が送金されてきたということだった。そうした事情は楊も語ったのだが、訊問が百万円の出処《でどころ》や爆弾の使用目的に及ぶと顔を歪めて頭を抱えるらしい。

しかし、それでも捜査会議は、設置以来初めての熱気に包まれた。十日間の徒労と閉塞《へいそく》感が吹っ飛んだのか、捜査員の誰もが顔や言葉にやる気をみなぎらせていた。

会議では、中野署の捜査員を含めての、土地・敷鑑捜査に重点をおくことが確認され、都庁に張り付く三係はそのまま、つまり、捜査の重要ポイントからはずされた。雛壇に並ぶ幹部連中にすれば、願ってもない展開だろう。全面協力の約束をとり付けながらも情報収集さえ思うように進まなかったのである。

三係は蚊帳《かや》のそとに追いやられる形となったけれど、児島は、内心ほくそえんだ。きょうの石橋知事との面談でさらに捜査をやりにくくなったのは自覚しているし、なにより、三係の別線捜査がやりやすくなった。

児島は、香りも深みもないコーヒーを呑んでから、鹿取に視線を据えた。

いま、午前一時。西新宿のファミリーレストランに二人でいる。

「やっと、ツキが回ってきましたね」

「仕事がしやすくなったのはたしかだが、爆弾と都庁の幹部連中が繋がるのか、繋がらないのか。繋がらなければ哀れなピエロだぜ」

「本音じゃないでしょ」

「どういう意味だ」

「後藤勝正の私設秘書、岡部透と、東和地所の専務、中村八念……鹿取さんは、よく知ってるようですが」

「気づきやがったのか」

「鹿取さんとホタルさんの場合、しっかり表情を読みとらなければ騙《だま》されます」

「けっ」

鹿取が大量の紫煙を飛ばす。

「おしえてください。二人と公安、絡んでるのですか」

「しょうがねえ。とっかかりから話してやる。年号が平成に代わってまもないころ、公営カジノの設立をめざした法案作りが密《ひそ》かに進められてた。音頭とりは、当時、民和党の最大派閥だった政経会の事務局長、石川肇《いしかわはじめ》。やつは、他派閥ながら、警察族議員の束ね役として頭角を現していた後藤を、自分が主宰する公営カジノ研究会の顧問に据えた」

「警察庁の協力がほしかったのですね」

「ギャンブル産業だからな。で、法案作成の指揮を後藤に執らせた」

「世間では良識派とか正義派といわれてる後藤も利権の旨みには勝てなかった」

「旨みどころじゃねえ。後藤は、公営カジノを警察庁の管轄下におこうとした。それが実現すれば、関連事業を含め、莫大な利権を掌握でき、大量の天下り先を確保できる。その功績をもって、己は警察族のドンとして、揺るぎない地位を得られる」

「なんとも、まあ」

児島は呆れ返った。政治家の頭のなかには利権しかないのか。

「法案作りと、民和党内の根回しは順調に進んでいたのだが、ある日、事変が起きた」

「わかった。政経会の分裂ですね」

「ちっとは知ってるじゃねえか。政経会の幹部連中を中心に、八十数名が民和党を離脱した。石川もそのひとりだった」

「あたらしい政党でやらなかったのですか」

「やりたくてもできん。後藤に頼りきってたからな。後藤は、民和党の党人政治家。後藤のほうは諦めきれなかったのか、別組織の研究会を立ちあげようとしたが、その動きに待ったをかけたやつがいる。政経会に残った真中修《まなかおさむ》だ」

「また」

児島は、素《す》っ頓狂《とんきょう》な声をあげた。真中の名は二か月前に幾度も聞かされた。螢橋と鹿取の話によれば、北朝鮮利権を牛耳る政治家らしい。

「真中と後藤は反りが合わなくてな。それに元々、公営カジノは政経会の重要政策のひとつだった。後藤の主導で引き継がれるのが癪にさわったんだろ」

「どうして、そんなにくわしく知ってるんですか」

「俺たち公安部は、公営カジノ研究会の面々を監視してた」

「ええっ。警察族議員のドンがかかわってるのに」

「まだ、ドンじゃなかった。それに、後藤は二枚舌の名人でな。おいしい話があれば、古巣の警察組織だって裏切りかねない。そんな不安があったから、反後藤の警察官僚は、警視庁公安部に極秘の指令をだした。後藤とその周辺を監視しろと」

「親後藤も反後藤の連中も大差ないように思うけど」

「まあな。で、俺は、後藤の秘書軍団のうち、みずから汚れ役を買ってでるとの噂があった岡部をマークした」

「そのころから岡部は、都市経済研究所と接点があったのですか」

「ない。すくなくとも、岡部の人脈に斉藤や内田はいなかったはずだ」

「室町の調べによると、内田は石橋知事に近かったそうです」

「それならなおのこと、後藤や岡部との接点はない。永田町での石橋と後藤は、野中と後藤以上に、いがみ合う仲だった」

胸の疑惑のひとつが霞《かす》んだ。それでも、気力は萎《な》えない。

「中村はどうなんです。公営カジノに絡んでいたのですか」

「いや。だが、おなじ時期、神奈川県警の公安がやつをマークしてた。ほら、三週間ほど前、新島で白骨がでただろ」

「うちの七係が抱えてるヤマですね」

「ホトケの朴正健には三つの疑惑がかけられていた。外国為替管理法および出資法の違反と、贈賄。贈賄側の中心人物が朴と中村。おまけに言うと、贈賄の相手方は後藤に近い議員で、その仲介をしてたのが岡部らしい」

「鹿取さんは、岡部と中村の接点を摑んでたのですね」

「二人はときどき会ってた。けど、中村は俺たちの監視対象者に入らなかった。極秘捜査で手をひろげる余裕はなかったし、後藤と、やつの周辺の人物を監視するのが目的だったからな。公営カジノに関する法案が消えた時点で、俺たちはお役御免だ」

「岡部と中村が繫がったのに、神奈川県警と連携しなかったのですか」

「するか。警視庁と神奈川県警の仲がどうこうじゃない。公安刑事《デカ》てのは、おなじ事案を抱えていても、同僚にさえ情報を流さねえんだ」

「神奈川の担当、ホタルさんではなかった」

「ん」

「ホタルさんなら連携してたでしょ」

「当時はまったく接点がなかった。ハマのホタルの名は知ってたけどな」

「当然、悪名ですよね」

「凄腕刑事《すごうでデカ》と評判だった」

「へえー」

「なんだ、それは」

「そういう評価もあるんですか」

「あった。過去形だ。あるときから、凄腕が悪に変わった」

あるとき、なにがあったんです。

児島は、そう訊きかけて、やめた。螢橋の過去に触れるのは恐ろしい気がした。理由を知ればおそらく、また螢橋との距離が近くなるだろう。そういう男なのだ。

さめたコーヒーを呑んだあと、別の疑念が浮かんだ。それが声になる。

「贈収賄疑惑、どうなりました」

「お宮だ。主役の朴の失踪で頓挫《とんざ》した」

「潰れたカジノ法案と、都庁のカジノ構想……結び付きませんか」

「付かん。さっきも言ったが、石橋と後藤の仲はすこぶる悪い」

「後藤は二枚舌とも」

「……」

鹿取が押し黙った。

またしても自分をのけ者にして、鹿取と螢橋は連携してるのではないか。

頭の片隅で、勘がそうささやく。だが、どう攻めたところで、鹿取は落ちない。あっさり諦めて、疑念の続きを口にする。

「十年前の公営カジノ……候補地は挙がってたんですか」

「かもしれんが、そのての情報は摑めなかった。なにしろ、経済バブルが弾け飛んだ直後だからな。情報が洩れれば、瀕死《ひんし》の不動産屋どもが我先にと買い漁る」

「そこです」

児島は、語気を強めた。

「中村は、当時、東和地所の営業統括本部長でした」

「旺盛《おうせい》な推理力には感心するが、おまえの頭のなかにある新島……その可能性はきわめて低い。噂だが、第一候補地は瀬戸内の島だった。そのつぎが北海道と九州。愛媛出身の後藤をはじめ、公営カジノ研究会には瀬戸内の大物議員がずらりと顔を揃えてた」

「それでも、朴が新島で殺されたのは気になります」

「贈賄事案の背景に公営カジノがあると仮定しての話だろ」

「ええ、まあ」

児島は、不満を隠して応じた。

やはり、なにかある。鹿取は螢橋の話になると乗ってこない。

9

ポケットのなかが震え、螢橋政嗣は携帯電話を手にした。

パネルの番号で相手はわかる。仕事柄、メモリーに登録しなくても、百件ほどの電話番号は記憶している。それでも記憶の箱はちいさくなった。四十歳になるまでは、一度かけた番号は最低でも一年間くらい覚えていた。

《来たわよ》

関内のナイトラウンジ・恵のママ、神谷七恵の声が弾んだ。

「ん」

《岡部よ。きのう、お店にひょっこり》

「ひとりでか」

《三人。県会議員の方々と。横浜で後藤先生の講演会があったとか》

「ふーん」

《どうしたの。気のない返事ね》

「その前に来たんはいつや」

《四、五年前。それ以前も年に一、二回程度だったけど》

「急におまえを思いだしたわけか」
《なにか不満なの》
「妙やと思わんか。後藤クラスの大物なら、よくパーティや講演会に招かれる。横浜あたりならちょくちょく来てるやろ」
《だから……》
「タイミングが気にいらん。朴の骨が発見されて三週間やで」
《でも、彼の話はでなかったわ》
「ほな、なおのこと不自然や。そもそも朴に誘われて行った店やろ」
《そう言われれば、変ね》
「どんな話、した」
《ずっと口説かれてた。三人とも女好き》
「あほくさ。切るで」
《ちょっと待って》
「なんや。これでも忙しいねん」
《今夜、ひとりで来るそうよ。店が終わったら食事をしようって誘われたの》
「ええやないか」
《ほっとくの》
「ほっとかん。やつが店に来たらすぐ電話くれ。そんときまでにええ手を考えとく」

電話を切り、螢橋は空を見あげた。

鉛色の分厚い雲はいまにも泣きだしそうだ。

竹槍で雲を突き、掻《か》き回してやりたい。そうすれば、滝のような雨が降るか、それとも、青空が覗き見えるか。どっちにしても、鬱陶しい模様は消える。

靴底で煙草を踏み潰し、足を速めた。

小田急線の世田谷代田駅にほど近い不動産屋の引き戸を開けた。

安っぽい応接セットとデスクがひとつの、ちいさな店舗である。

デスクに座る六十年配の男が値踏みするような視線をくれた。

螢橋は、黒の手帳を示した。なかは開かない。いつもそうする。

「刑事さん……なんのご用でしょう」

男はソファを勧め、奥にひと声かけた。

「この先の路地裏に桜見荘てアパートがあったはずやが」

「あったよ。いまは建て替えてマンションになってる」

「ここが管理してるの」

「桜見荘のころはね。いまは違う。家主の代が代わって、新宿の不動産屋が面倒みてる」

「アパートを壊したんはいつごろ」

「七、八年前になるかな。わしと親しい先代が亡くなってすぐ、息子が建て替えて……それを機に、大手の不動産屋に管理をまかせた」

お茶を運んできた老女が言い添える。

「先代の奥さん、反対してくださったのに」

「しょうがねえだろ。このへんも、わけのわかんねえ外国人が住みつくようになって、やつらはパソコンで部屋探しをしてるんだ。わしらの手には負えん」

どうやら、老夫婦で細々とやっているらしい。

男が視線を戻した。

「すみませんね。歳のせいか、夫婦して愚痴っぽくなって」

「いや。ところで、桜見荘やけど、どんなアパートやった」

「当時でも築三十年は越してたかな。二階建ての十二室。風呂なしの1K。老朽化してたこともあるけど、近くの銭湯が潰れたのが建て替えの原因だったと聞いてる」

「十年前に住んでた人たちの名前はわからんやろか」

「そら、むりだわ。付き合いをやめたとき、桜見荘関係の書類一式、引き継ぎの不動産屋に渡したからね」

それで納得した。老夫婦がほかの刑事のことを言わないのは、警視庁の連中が新宿の不動産屋に聴き込みを行なったからだろう。

女房が口を挟む。

「なんて名前」

「一ノ瀬《いちのせ》康三《こうぞう》」

螢橋は、テーブルのメモ用紙に名を書いた。

警察庁の田中一朗がファックスで送ってきた資料には新島殺人事件に関する捜査報告書があった。螢橋が海運会社から持ち帰った竹芝・新島間の乗客リストも入っており、警視庁の捜査員は乗客の身元・所在確認をほぼ終えていた。

朴正健の名が記載されている日の前後一週間の乗客のうち、未確認は四名いる。行方のわからない者が二名で、残る二名は記載の住所に住んでいなかった。朴が乗船したおなじ船便の二名で、一ノ瀬康三と山田五郎《やまだごろう》というのは偽名の可能性が高い。

螢橋は、一ノ瀬に興味を覚えた。いかにも、偽名と思える山田五郎とは違い、こちらは乗客となんらかのかかわりがあるような名前だ。

「一ノ瀬ねえ」

言いながら、老女がそれを見つめる。

男が肘《ひじ》で女房を小突く。

「そう慌てなさんな」

「覚えてるわけねえだろ。十年前だぜ」

「あのアパートに一ノ瀬って人は住んでなかったと思うけど……」

「けど、なんだ」

「なんとなく覚えがあるんだよね、この名前」

「それなら早く思いだせ」

女房が顔をあげた。

「だめ。あんたが急《せ》かすからどこかに消えちまった」

「てやんでえ」

螢橋は、もう一度ペンを走らせ、女房に手渡した。

「思いだしたら、ここへ連絡くれませんか」

「必ず報《しら》せるよ」

愛想笑いを返してそとにでた。

あいかわらず、不快な雲が垂れこめている。


とうとう現れたか。

螢橋は、横断歩道を渡る小柄な男を見とめて、つぶやいた。

まだ距離があっても、警視庁の児島要の顔には緊張の色が窺える。

螢橋は、ビルの玄関の階段を降りきったところで立ち止まり、軀ごと振り返った。

九階の役員室を訪ね、中村八念と会っていた。持っている情報をさらしてやった。

今回は内偵捜査ではない。過去の事案の真実を暴くのが任務である。三つの事案すべてに時効が成立しており、唯一、時効前の朴正健殺害事案は警視庁の所管である。

警察庁の田中と警視庁の鹿取の情報をまじえ、さらにはったりを利かせながら、中村に揺さぶりをかけた。

中村が動揺し、動いてくれればもうけものだ。自分を尾け回す者の正体を暴き、尾行の意図を探りたい気持ちもある。

「ホタルさん」

背に弾んだ声がし、向きを戻した。

陽が射さないのに、児島の眼は輝いている。いつまで経っても慣れない、苦手な眼である。彼の澄んだ瞳を見ると、気恥ずかしくなり、かるい嫉妬《しっと》を覚えることもある。

「赤坂ではご馳走になりました」

「元気そうやな」

「そうでもありません。このへんが薄ら寒くて」

児島が頸をさする。

「都庁の事案を担当してるそうやな」

「やっぱり、ツーカーですか」

「ひまなおっさんが、ひま潰しの電話をしてきよる」

「とか、なんとか言って」

「ん」

「ちょっと付き合ってください」

「一流企業に用があるんやないのか」

「その手間が省けそうです」

「期待すな」

応じたときはもう、児島は背を向け、歩きだしていた。

シティホテルの喫茶室に場所を変えても、児島は主導権を離さなかった。

「十年前の事案の中身、おしえてください」

「なんやねん。藪《やぶ》から棒に」

「鹿取さんと結託してるんでしょ」

「冗談ぬかすな。事案が違う」

「東和地所の中村八念……ホタルさんの捜査対象者だったとか」

「鹿取がそう言うたんかい」

螢橋は、いささかむっときた。

鹿取に十年前の事案の中身は話していない。たしかに今回の件では自分のほうから連絡したけれど、警視庁公安部の動きを気にしてのことだ。

自分を尾行する者が警視庁の公安刑事であれば、それなりの対応が必要になる。警察庁の田中には衝突してもかまわないと言われたが、尾行の理由くらい知っていなければ、まともな喧嘩にはならない。

そう思って、鹿取に調査を頼んだ。

表情と口ぶりで察したのか、児島の眼光が弛んだ。

「十年前、警視庁公安部は後藤勝正と、彼の周辺を監視していたそうで、鹿取さんは秘書の岡部透に張り付いていたとか」

「やつが岡部を……なんの事案や」

「ほんとに知らないのですか」

「おまえに嘘はつかん」

「よく騙されるけど、きょうは信じましょう」

児島は、そう前置きして、十年前のカジノ法案について語りだした。

初耳だった。そういうことはよくある。国家と国民の安全と利益を護るのが警察公安の職務ではあるが、一介の公安刑事が公安事案のすべてを把握しているわけではない。日々の任務を遂行するので精一杯なのだ。

「岡部と中村はしばしば会ってたらしく、鹿取さんは中村の身辺も調べていた」

「なるほど。で、中村は都庁の爆破にも絡んでるんか」

「それはなんとも……おととい、自分が監視してる者が元の上司と一緒に岡部と会食し、そのあと、上司が中村と呑んで……どうにも気になりましてね」

「その程度で、都庁の爆破と新島の白骨を結び付けたいんか」

児島が苦笑を浮かべる。

「鹿取にもおんなじこと、言われたようやな」

「ええ」

「なんで、そう考える」

「時期です。十年前のカジノ法案とホタルさんが追ってた贈収賄事案、今回の都庁爆破と新島の白骨遺体の発見。十年前も今回も、時期が近い。偶然でしょうか」

「十年前の二つの事案は繋がってるかもしれん。けど、今回の事案は違うやろ」

「根っこの部分でもですか」

「はっきり言わんかい」

「いま都庁がぶちあげてるカジノ構想……十年前の蒸し返しとも考えられます」

「鹿取の意見は」

「結び付かんと。後藤と石橋は犬猿の仲だったそうです」

「ほな、むりやな」

「いまは仲よしかも。政治家は、反りが合わなくても、利権では結託するんでしょ」

「考えすぎや」

「疑り深い性格でして」

「さっき、推測だけで中村にぶつかる気やったんか」

「そう。挨拶《あいさつ》程度に留めるつもりでしたが」

「怪我するぞ。岡部と中村の仲は濃密や。たぶん、中村は後藤とも親しい。後藤が怒ればおまえの頸など、一瞬で吹っ飛ぶ」

「後藤勝正に、石橋太郎。大物に睨《にら》まれて光栄のかぎりです」

「石橋も敵に回してるんか」

「どうせなら、おなじ穴のムジナのほうがてっとり早くてありがたいのですが」

「ほんま、ええ根性しとる。けど、無茶はやめとけ。鹿取がさみしがる」

「それなら、助けてください」

「なんべんも言わせるな。今回は事案が異なる」

「中村とはどんな話を」

「世間話」

「まったく。ホタルさんには仲間への情とか、ないんですか」

「ない。そんなものに惑わされてたら、とっくの昔にくたばってる。けど、おまえには命を助けられた。そやさかい、昔話はしたる」

にわかに、児島の瞳が輝きをとり戻した。わかりやすい男だ。

螢橋は、コーヒーを呑んでから言葉をたした。

「殺された朴正健には三つの容疑があった。贈賄はそのひとつやが、これは元々、俺が狙うてた事案やない。別件を内偵してるさなか、県警本部の捜査二課にたれ込みの電話があった。官と業の贈収賄疑惑。贈賄の主役の朴が韓国籍なので合同捜査になった。朴の交友関係から中村八念と岡部透が浮かびあがり、収賄側の人物もほぼ特定できたんやが、なにひとつ物証を得られんかった。捜査二課にはたれ込みの真偽を疑うやつがでてきたし、公安には合同捜査を解消し、別の二件に絞ろうという意見もあった。そんなさなか、朴が失踪し、捜査態勢は大幅に縮小された」

「おかげで、中村は専務にまでのぼりつめ、岡部は後藤事務所の実権を握った。貧乏くじを引いたのは朴ひとりですか」

「引いたんやのうて、引かされたんや」

「朴殺害に中村と岡部が絡んでると」

「知るか。俺の仕事やない」

「それならどうして中村に会ったんですか」

「十年前の事案の幕引きをするためや。公安刑事《デカ》は結末の形にはこだわらん」

「ホタルさんらしくもない」

「ふん。おまえに俺のなにがわかる。どうしても都庁の爆破と、十年前の事案や新島のコロシとを結び付けたいんなら、新島事案の担当班と連携せえ」

「それこそ、監察官室に呼びだされ、捜査からはずされます」

螢橋は、話しながら、児島との連携の可能性を探っていた。

彼の口ぶりから察して、中村が新島の土地を購入したのは知らないだろう。朴殺害の背景に新島の土地があるのなら、いずれは警視庁の捜査員とバッティングする。その確率の高さが口をひらかせた。

「捜査は進展してるんか」

「きのう、ようやく動きだしました。爆弾の製造者を特定できたんです」

「なんや」

螢橋は拍子抜けした。

「容疑者は中国人留学生の楊玲芳。彼女に爆弾造りを依頼したのは中国人留学生の彼氏。ところが、爆発事件とほぼおなじ時刻、交通事故を起こして彼氏は死亡し、彼女のほうは一過性の記憶喪失。きのうになってすこし記憶が戻ったのですが、彼女から全容解明を引きだすのは容易ではないと。おそらく、彼氏も何者かに爆弾造りを依頼されたと思われます。事件発生の一週間前、彼氏は国の実家に百万円を送金してます」

「おまえは誰を追って、岡部と中村にたどりついた」

「特別秘書官の斉藤伸之。車を爆破された被害者です。自分ら三係は、都庁関係者の聴き込み捜査をまかされたのですが、石橋知事をはじめ、都庁幹部は揃って口が重く、そのうえ、脅迫者の窓口の政策広報室には公安部が出張り、自分らを寄せ付けません」

「なんでやねん」

「知事の指示。自分らでは情報の管理能力に疑問があるそうです」

「ふざけた野郎だな」

「鹿取さんに言わせれば、これを機に、公安部との修復を図る気ではないかと」

「いい読みしてる」

国会議員になる以前から、タカ派発言のめだつ石橋を警察公安が監視していたとの噂は耳にしたことがある。マスコミに流れる最近の発言でも、警察公安の幹部連中は神経を逆なでされているだろう。

螢橋は、言葉をたした。

「で、得意の別線捜査をしてるんか」

「ええ。これで自分の持ちネタは全部話しましたよ」

「わかっとる。岡部と中村の身辺捜査はおまえにまかせる」

児島がぶるぶると顔を振る。不満の色がありありだ。

「二人の情報もくれてやる」

「新島の事件との接点も」

「かまへんけど、そっちの事案の捜査員に勘ぐられるなよ」

「もしばれても、ホタルさんの名前はだしません」

「だしてもええが、そんときゃ、捜査をはずれるどころか、島流しにされる」

「新島ならいいのですが」

「あほ。すこしはわが身をかわいがれ。で、資料はどこに送る。捜査本部《チヨウバ》か」

「きつい冗談を……」

児島がメモ用紙に数字を走り書く。

「ここへ。鹿取さんのアジトです」

「おまえも堕落したのう。あいつの女の部屋を仕事で使うてるんか」

「どうして女の部屋と」

「ほかに考えられん」

苦笑した児島がすぐ真顔に戻した。

「そうそう。鹿取さん、都庁の件では内閣情報調査室も動いてると言ってました」

「ん」

「早すぎる動きが気になるようで」

「……」

螢橋は、児島を見つめたまま、口を噤んだ。鹿取の疑念は理解できる。

内閣情報調査室に情報収集のための実働部隊は存在しない。潤沢な機密費を使って、内閣府や警察庁の外郭団体に調査を委託しているほか、マスコミ関連の団体・企業からも情報を集めている。内閣情報調査室は、それらを精査・分析するのが仕事である。

――二、三日、待ってろ。俺が調べてやる――

鹿取の言葉を思い浮かべた。

調べる先には内閣情報調査室も含まれているのか。

その疑念は、またたくまにおおきくふくらんだ。

もう間違いない。待ち時間が長かったほかは予定どおりである。

左手に山下公園を見る地点まで着いたところで、螢橋は確信した。

前方のタクシーを追い抜きにかかる。

視界の端でタクシーの後部座席に乗る女の横顔を捉えた。

どういう文句で自宅へ誘ったのか。あるいは、相手の男が端から女の自宅へ行くと決めていたのか。男と女の綾《あや》とりを斟酌する気はないけれど、ナイトラウンジ・恵のママ、神谷七恵の役者ぶりが思い浮かんだ。

信号を右折し、坂道をのぼりだして、バックミラーに視線をやった。

黒のセダンが追走している。見飽きた車だ。七恵と岡部透が海岸沿いのレストランで食事をしているあいだも、五十メートルほどの距離を空け、路肩に停まっていた。

まずいか。

いやな予感が脳裡《のうり》をかすめる。めあての二人を乗せたタクシーはセダンの後方を走っているので、行く先が変わる心配はない。しかし、これから先もシナリオどおりに進むのかどうか。邪魔が入るのは予想内でも、そのタイミングが気になった。セダンの尾行者から連絡が行けば、岡部がシナリオを描き換えるかもしれない。

螢橋は、頭を振って迷いを払いのけた。岡部と、自分の尾行者が連携している場合の推測である。もしシナリオが変わろうと、今夜は岡部を逃がさない。

七恵のマンションをすぎたところで車を停め、マンションの玄関まで駆ける。セダンは路地角に停まり、早くもライトを消していた。そのむこうから車のライトがひろがる。七恵と岡部を乗せたタクシーに違いない。

螢橋は、玄関脇の照明が届かない壁に背を預けた。

ややあって、タクシーから男が降りてきた。岡部だ。グレーのスーツに茶色のネクタイをきりりと締め、ちらっとマンションを見あげる。余裕が感じられる。

傍らに立った七恵のほうは表情が硬い。ここまでは螢橋の思惑どおりに事が運んでいても、これから先の出来事への不安があるのだろう。

「さあ」

岡部に声をかけられ、七恵が玄関に向かった。

すかさず、螢橋は動いた。

「あら、刑事さん」

七恵が声を発した。一気に顔がほころぶ。

「夜分に申し訳ない」

螢橋は、声をかけながら二人に近づいた。

岡部が動き、七恵の前にでる。

螢橋は、岡部の息が届きそうな位置で足を止めた。

「お楽しみのところを済まんのう」

「なんだ、君は」

岡部が低いだみ声を放った。すこしは修羅場を潜《くぐ》ってきたようだ。一瞬驚いた表情を見せたものの、いまはもう凄味を利かせた顔になっている。

螢橋は、七恵が壁際へ移るのを見届けてから口をひらいた。

「ハマのホタル。名前くらいは知ってるわな、岡部さん」

「き、きさまが螢橋……俺を待ち伏せてたのか」

「あほな。新島の髑髏《どくろ》が引き合わせたんやろ」

「なんだと」

「殺されたうえに女を寝とられたら、たまったもんやない。死んでも死に切れん」

「俺を愚弄《ぐろう》する気か」

「そう尖るな。ゆっくり話をしよや」

「ふざけるな。きさまごときに舐められてたまるか」

岡部が背を向きかけた。

さっと左腕を伸ばし、岡部の肩を摑んだ。

「一歩でも動けば、公務執行妨害でパクる」

「やれるものならやってみろ。きさま、あしたにでもクビにしてやる」

「その前に、あんたの命が終わる」

螢橋は、上着の内懐から拳銃《けんじゅう》を抜いた。

途端、岡部の軀が硬直する。

「この拳銃《チャカ》、よう暴発するねん」

「なんてやつだ」

「さあ。俺の車に乗ってもらおか」

「待てっ」

甲高い声とともに靴音が聞こえてきた。

セダンの方向から二人の男が駆け寄ってくる。

あっというまに、岡部は男どもに挟まれた。四十半ばと三十すぎ。威嚇するような眼光と隙のない口元。どこからどう見ても刑事にしか見えない。

かつてはヤクザ者も似た雰囲気を漂わせていたが、いまのヤクザ者の大半はヤクザにも品格があるのを知らない半端者でしかない。老人の小銭をだましとり、若者を薬漬けにする輩はヤクザとも呼べない。

螢橋は、年長の男を睨みつけた。

「やっと面を見せる気になったんか」

「ここでなにをしてる」

「見りゃわかるやろ。職務中や」

「拳銃とは只事じゃないぞ」

「説教たれる前に、まずは名乗れや。名乗らんのなら、仕事の邪魔すな」

「なんてことを……」

若いほうが語気を尖らせる。

年長の男が彼を眼で制し、胸前に手帳をかざした。

「警視庁公安部の桃山実《ももやまみのる》。連れは、部下の吉田《よしだ》」

「桜田門の公安部は都庁の爆破で忙しいんやないんか」

「あの程度の事案、うちの全員でやることか。とはいえ、あんたも知ってのとおり、いまのご時世、公安が抱える事案はすくない」

「ひま潰しに俺を相手してるんか」

「そんなところだ。なにしろ、悪名高い男だからな」

「誰の依頼や。おまえらの親分は知っとるんか」

「愚問だな。ハマのホタルらしくもない。いちいち上司にお伺いを立てる仕事か」

「ほな、もっと上の親分はどうや」

螢橋は、銃口を岡部の胸にあてた。

「このおっさんの飼い主とか」

「ふざけるな」

岡部が怒鳴った。援軍の出現で、剝がれかけていた威厳をとり戻したようだ。

桃山と名乗る男は慌てなかった。やさしい手つきで銃口を下に向ける。

「この人がどなたかは知らんが、無抵抗の人に拳銃を向けるな」

「岡部透を知らんてか」

「さあ」

「すこしは骨のある男のようやが、引っ込んどれ」

「そうはいかん。見て見ぬふりが仕事の公安刑事《デカ》でも、この場面は見すごせん」

「俺をパクるか」

「その必要もないだろ。とにかく、拳銃を収めてくれ」

螢橋は、あっさり拳銃を仕舞った。桃山の顔を立ててやりたくなった。

岡部がさらに勢いづく。

「螢橋。きさま、頸を洗って待ってろ」

「吠《ほ》えるな。みっともない」

「では」

桃山が岡部から離れる。相棒の吉田があとに続いた。

「お、おい」

岡部に声をかけられ、桃山が振り返る。

「なにか。自分らは、仲間の仕事の邪魔はしません」

「ばかな。俺は拳銃で威されてたんだぞ」

「もう冷静に話ができるでしょう」

岡部が呆れたように眼を見開き、なにかを言いかける。

螢橋は、割って入った。

「この男、今夜はおまえに預けたる」

「そりゃ、どうも」

桃山がにっと笑った。

三人がセダンに乗りかけたとき、七恵が胸に飛び込んできた。

「恐かった」

「おまえにしては上出来の芝居やった」

「ほんと」

「ああ。口説いたんか、口説かれたんかはしらんが、ようここまで連れて来た」

「口説かれたに決まってるじゃない。家に来るのは彼が望んだの」

「……」

「お食事してるときもずっと、わたしの部屋の様子を聴いて、夜景を見たいとか」

「朴の話はでたか」

「全然。それより、なかに入ろ。わたし、緊張して咽《のど》がカラカラよ」

七恵に腕を抱えられた。

拒む理由はなにもない。いまは、一刻も早く七恵の部屋に入りたい。岡部の心中に似てきたようだ。彼以上に気が急いているかもしれない。

10

どうしていつも、あの人の言いなりになるのだろう。

児島要は、そんなことを思いながらも足を速めていた。

公安刑事の螢橋政嗣にも、同僚の鹿取信介にも、おおいに不満があるのになぜか、顔を合わせて話しているうちに不満や愚痴は胸の底に沈んでしまう。

それを許す自分に腹立たしさを覚えるが、怒りにはほど遠い。人の魅力は行為の善悪や主義主張の垣根を越えて存在するのだろうか。

児島は、薄汚れた看板を確認し、建て付けの悪い引き戸を開けた。

一時間前に螢橋から連絡があって、話を聴きに行くよう指図された。相手は世田谷代田の不動産屋である。

ソファに並ぶ老夫婦は待ち構えていた気配を隠そうともせずに笑顔を見せた。電車を降りたときに電話をかけたせいか、テーブルにはお茶が用意してある。

「螢橋の部下の児島です」

児島は、警察手帳を見せずに、老夫婦と向き合った。

相手のペースに嵌《は》まるほうがスムースに行くこともある。これまでの経緯はもちろん、螢橋が訪ねたさいの、老夫婦の雰囲気などもおしえられている。

古女房が身を乗りだし、梅干しのような口をひらいた。

「思いだしたよ」

「一ノ瀬ですか」

「そう。その一ノ瀬……名前じゃなかったの」

「えっ」

「地名。わたしの実家は福島県の、山裾《やますそ》の田舎にあって、そのとなりが一ノ瀬村。うちの亭主にそんなことも思いだせなかったのかって叱られたけど、もう二十年以上も帰ってないし、人の名前だって先入観があったから」

「よけいなことまで喋るんじゃねえ」

亭主が先を急がせた。女房はおおげさに肩をすぼめ、話を続ける。

「この前の刑事さんが言ってた十年前かどうか……どっちにしてもそのへんなんだけど、一ノ瀬村から届いた郵便小包を預かったのよ。いまもうちが管理してるアパートに住んでた学生さん宛ての荷物でね……懐かしくなって、それをとりに来た学生さんと田舎の話をしたの、思いだしたのさ」

「こんな話、役に立つのかね」と、亭主が言い添える。

「ええ、もちろん。それで、その学生さんの名前とか、わかりますか」

女房の視線を受け、亭主が応じた。

「当時の台帳は処分しちまって名前がわからないんだけど、ここの裏手の翠荘《みどり》に住んでたのはたしかだよ。学生専門のアパートでね」

「どこの学生とか」

「M大だろ」

心臓がぴくっとはねた。願ってもいない展開に、血が騒ぎだした。

「このへんは多いよ。いまも昔も、うちで世話してる学生のほとんどはM大」

「翠荘と桜見荘の位置関係は」

「歩いて二、三分てとこかな。桜見荘も半分以上はM大の学生だった」

児島は、女房に視線を戻した。M大生ばかりなら人物の特定を絞り込む必要がある。

「一ノ瀬村の学生、ほかに思いだしたことはありませんか」

「たしか、来年は就職とか言ってた」

「つまり、四年生」

「そうなるね」

児島は、頭で計算を始めた。浪人も留年も経験していないと仮定して、十年前が大学四年生なら、いまは三十二歳か、三十三歳。

「翠荘の台帳を見せてもらえますか」

「これだよ」

亭主がテーブルのノートを指さした。

手前に引き、頁をめくる。

翠荘は一、二階合わせて八室。最も古い記録は八年前だった。その年の住人の入居年数に着目した。一ノ瀬村の学生が卒業後すぐに退室したとすれば、入居一年目と二年目のほかの部屋は対象からはずせる。一階の二室と二階の一室が残った。かなり乱暴な根拠だが、それでもあたりは付けられる。

児島は、視線をあげ、女房に訊《き》いた。

「男の体型や顔の特徴は覚えていませんか」

「さあ。学生さんはいっぱい見てるからね。でも、賢そうな……」

「おい」と、亭主が口調を強めた。

「いいかげんなことを言って、刑事さんを困らせるんじゃねえぞ」

「わかってるよ」

児島は、割って入った。夫婦のかけ合いに付き合ってるひまはない。

「もう一度見ればわかりますか」

「たぶん」

自信なさそうな返事に、児島は見切りをつけた。

そとへでてすぐ、携帯電話が鳴った。パネルの数字で中野署の池上とわかる。

捜査本部に中野署の捜査員が参加して以来、彼とは頻繁に連絡をとり合っている。三係が都庁内に閉じ込められた現況では貴重な情報源である。捜査刑事の多くは、結末のシナリオが見えてこないかぎり、捜査会議で入手した情報をさらさない。手柄の欲もあるが、情報が潰されるのを恐れるからだ。捜査会議での方針は、ある意味で、捜査員個人の勘と読みを抹殺してしまう。刑事の勘に触れる情報を入手しても、裏付けがなければ、それがそのまま捜査本部の方針には結び付かない。
《楊玲芳の供述、だいぶとれましたよ》
「記憶が戻ったのですか」
《すこしずつですが……楊が恋人の江に爆弾造りを頼まれたのは六月の八日。友人と遊びに行こうとして学校をでたところで、江に呼び止められたそうです》
「犯行の五日前とは、ずいぶん急ぎ働きですね」
《江に依頼した者が焦っていたのでしょう》
「そのへんの事情も話したのですか」
《何度も訊いたけれど、江はおしえなかったそうです。嘘をついてるようには見えませんでした。自分が頼まれたときはすでに、江が百万円を実家に送金していたのでことわれなかったと。それに、単なる威し目的の爆弾だからと泣きつかれたそうで、楊は、破壊力を増すための金属片を使用しなかったと言ってます》
「車の窃盗と爆破は関連あるのですか」
《そのことですよ、報告したかったのは。爆弾を都庁の駐車場に置いたのは江でした》
「斉藤の車を狙って」

《そこまでくわしくはおしえられていなかった。でも、設置場所を聴いた楊は、江をなじり、人が傷つくのを恐れて、爆弾をはずしに行こうとした》
「なるほど。それにしても、素人がたった五日で造れるのですか」
《うちの若い者の話では、基礎知識とマニュアルがあれば一日で造れるとか》
「ネット時代は恐ろしい」
《まったく。そちらはどうです。得意の別線捜査……成果は挙がってますか》
「さっぱり。今回ばかりは蚊帳のそとにおかれたままかもしれません」
《くっくっく》
「なにがおかしいんですか」
《若いけど、曲者《くせもの》だから。手柄をとるときは、お手伝いさせてください》
「そんな」
《いいんですよ。自分は、今回も三係が犯人を挙げると思ってる。それを見込んで、情報を提供してるようなものです》
「情報がむだにならないよう頑張ります」
児島は、冷汗が滲《にじ》む思いで応えた。ひと癖のある刑事はどこの部署にもいる。
濃厚なタレが滴り落ち、炭火が熾《おこ》る。
真っ赤な炎に吹きあげられて、薄い灰が眼の前を舞う。

それを見ているだけでうれしくなってくる。

待ちきれない様子の鹿取が鋏《はさみ》をとり、骨付きカルビにあてた。

いま、螢橋は、赤坂二丁目の、俗称コリアタウンの路地奥にある焼肉店の個室で、鹿取と差し向っている。

肉厚のカルビを食べ、ビールで咽を鳴らし、鹿取が視線を向けた。

「うめえな、こりゃ。ここも三好の店か」

「まさか。韓国の要人らが使う店や。歴代の大統領も来日すると寄るらしい」

「殺された朴正健も来てた」

「まあな」

「ところで、きのう面《つら》を合わせた野郎、ほんとに桃山実と名乗ったのか」

「手帳を開いた」

店に来て三十分になるが、これまで仕事の話をしなかったのは店の女主人がいたからである。三好を連れてきてからは、必ず主人が挨拶に現れるようになった。ヤクザ者を恐れているのではない。三好は地元の人と店を大事にするので、皆から慕われている。

「それなら背後にいるのは後藤勝正で間違いない」

「けど、秘書の岡部を見くびってたように見えたが」

「秘書ごときに媚《こび》を売る野郎じゃねえ」

「ずいぶんの高値やな」

「じみだが、仕事はできる。歳はたしか、おまえとおなじ四十六だが、おまえと違って、桃山には将来がある」

「俺かて、あしたくらいはある」

「けっ。それにしても、野郎が直にぶつかるとは……おまえ、そうとう睨まれてるぜ」

「桜田門の公安部にか。それとも……」

「後藤だ。公安部長は、石橋に声をかけられ、舞いあがってる」

「都庁の事案、公安部が仕切ってるらしいな」

「石橋にしてみりゃ、これ幸いってところだろ。書き屋のころからずっと公安に睨まれてたからな。警視庁の公安部を手のなかにいれりゃ恐い物なしだ」

「本気で言うてるんか」

「石橋の胸のうちを代弁したまで。警察組織はそんなにヤワじゃねえ」

「警察組織……つまりは、後藤か」

「調べてみたが、後藤と石橋の仲、いまも最悪らしい」

「妙やないか。児島の話では、石橋のブレーンと岡部が会うてたとか」

「俺もそれが気になって調べなおした。けど、不仲は本物だ。都市経済研究所の内田と岡部の仲がどうだかしらねえが、親分どうしの意を受けて会ってたとは思えん。内田は、永田町や財界の大物たちにいい顔を見せるのが得意らしく、岡部のほうは、おまえも知ってのとおり、カネのにおいを嗅ぐだけで見境がつかんようになる」

「どっちにしても、雑魚《ざこ》なら用はない。で、公安部が俺を尾け回す理由は」

「新島のコロシしか考えられん。てことは、岡部の関与だ」

「それがあきらかになれば、後藤は岡部を切る」

「桃山が動いてるのなら、そうなるだろうな」

「別のやつなら、違うのか」

「狙いはおなじ岡部でも、石橋の命令で動く連中なら、岡部を利用しての後藤落とし」

「おいおい」

螢橋は、あほらしくなって顎をあげた。

「桜田門の公安部は真っ二つか」

「いくらなんでもそこまでにはならんだろ。けど、後藤と石橋が綱引きを、いや、棒倒しをやってるのは間違いない」

「ほな、後藤の勝ちやな」

「おまえを監視してるからか」

「それもある。が、刑事部長の抗議の電話」

「そうか。あれも後藤サイドのさしがねと読めるな」

「尾行と圧力。二股かけてる」

「どうしようもねえな」

鹿取が呆れたように言い、酒をあおる。

螢橋は視線を落とした。

焦げた玉葱と人参を皿に移し、ハラミをひときれ、網に載せる。肉はまだ大量に残っているが、食欲が追いつかない。鹿取の胃袋も一服しているようだ。

ハラミを食べ、顔をあげる。胸に沈んでいた疑念を思いだした。

「児島に内閣情報調査室が動いてると言うたそうやが」

「あれも後藤絡み。あそこのトップ、情報官は元警察大学の校長で、後藤の側近。己の権力を保持するために、後藤は息のかかった警察官僚を順番に送り込んでる」

「最低やな」

「ああ。後藤なら、石橋の頸をとるために、内閣情報調査室を動かすくらい平気でやる。ついでに言うと、桃山はかつて、いまの情報官の子飼いだった。たぶん、今回の件では石橋と公安部が繋がってるので、後藤は情報官経由で桃山を使ってると思う」

「しっかりラインができてるわけか」

「おまえが好きな人も頭が痛いだろうよ」

「権力の介入を嫌うさかいな」

「それにしても敵がおおきすぎる。警察族のドンの後藤勝正に、北朝鮮利権を牛耳る真中修。石橋も警視庁を掌握しようとしてやがる」

ふいに、児島の言葉が思い浮かんだ。

――後藤勝正に、石橋太郎。大物に睨まれて光栄のかぎりです――

すぐに頭を振る。

俺には関係ない。

そう言いかけて、やめた。警察組織も正義もどうでもいい。愛国心は欠片も持ち合わせていない。しかし、それでも、田中一朗には信義を尽くすだろう。

二人して、炭火にため息を落としたとき、ドアが元気よく開いた。

「よかった。肉、残ってますね」

児島が勢い込んで座る。座るなり、箸を持つ。

またたくまに、網は肉片で隠れた。熾っているだろう炭火も見えなくなった。

螢橋は、煙草を喫いつけ、ゆっくりとふかした。

児島を機嫌よく喋らせるには、腹を満たしてやるにかぎる。

それがわかっている鹿取も、手酌でやりながら、児島を眺めている。

大皿の肉が見る見る減って行く。食欲が旺盛なときの児島は期待できる。

しばらくして箸を止め、児島が顔を向けた。

「新島のコロシ、斉藤の疑いが濃厚になりましたよ」

「一ノ瀬か」

「ええ」

応えた児島が不動産屋での話を詳細に語る。ビールでひと息つき、また話しだした。

「M大でウラをとってきました。斉藤は経済学部卒。実家は福島県北部にある一ノ瀬村。

ちなみに、交通事故で死亡した江も経済学部。しかも、斉藤と江はおなじゼミを受講しており、斉藤はいま、非常勤の講師をしてる」

「接点はあったんか」

「二人が一緒にいるのを見たとの証言を得ました」

「おい」と、鹿取が口を挟む。

「爆弾を造らせたのも斉藤と読んでるのか。自分の車を爆破するために、爆弾を造らせるなんて、あるのか」

「可能性がゼロとは言い切れません」

「おまえ、斉藤にぶつかる気か」

「いけませんか」

螢橋は、控え目に顎をすくめた。

児島の、挑むような眼光が腹の括《くく》り具合を示している。

だが、鹿取も退かない。射るような眼差しを児島に返した。

「やめろ。おなじ大学の、おなじゼミというだけで攻めるばかがいるか」

「新島のコロシを突破口にします。ホタルさんに同行願って」

「こいつがやるもんか。公安刑事《デカ》の仕事じゃねえ」

「傍にいてくれるだけでいいんです。自分が落とします」

鹿取が視線をくれた。

「なんか言ってやれ。こいつ、狂ってやがる」

螢橋は、おもむろに口をひらいた。

「俺は、かまわん」

「本気か。新島の捜査本部《チョウバ》と喧嘩《けんか》になるぜ」

「もうなっとる。桜田門の刑事部長が茶々をいれてきた時点でな」

「おまえら、ほんと、どうしようもねえな」

「今回は、自分の単独捜査ということで……しくじったら即、辞表をだします」

児島が急に姿勢を正し、鹿取に頭をさげた。

途端、鹿取の怒声が轟《とどろ》いた。

「ばかたれ。俺を舐めるな」

「自分らを舐めてるのは、警視庁の幹部と、連中を差配しようとする石橋知事です」

「あいかわらず、ガキだな。おめえひとりの三係でも、捜査一課でもねえんだぞ」

「わかってます」

鹿取が盃にため息をおとし、一気にあおる。

螢橋は、押し黙った。付けいる隙は一ミリもない。

鹿取が音を立て盃をおき、児島に視線を据えた。

「一日、待て」

「……」

「おまえがくたばろうと知ったことじゃねえが、まわりの皆のために布石を打つ」

「布石……どんな」

「おまえは知らんほうがいい」

「また、のけ者ですか」

「そうじゃないが、おまえの苦手な分野だ」

「政治が絡んでるのですか」

「もっと次元の低い……みにくい権力争いだ」

「聴かなくて結構。一日、待ちます」

児島がすなおに応じた。

鹿取が苦笑を洩らし、視線を滑らせる。

「おい、ホタル。一ノ瀬とかいう野郎とおなじ船に乗ってた男……」

「山田五郎か」

「そいつの正体は知れたのか」

「まだや」

「偽名にしても、歳はそうごまかしてないだろ。都庁と新島の事案にかかわっていそうな連中で、歳が近いやつはいるか」

「岡部透。十年前は三十六歳。乗船名簿の山田は三十五」

「おまえの本命は、やつか」

「俺の事案ではほかにおらん」

「もうひとり」

児島が声を発した。

螢橋は顔を振った。

鹿取が訊く。

「誰だ」

「都市経済研究所の内田優。岡部とおなじ四十六歳です」

「よし。的を三人に絞ろう」

「待て」

螢橋は、語気を強めた。

「なんだ」

「新島の事案だけでええんか。斉藤を落とせんかったら、都庁の捜査に影響する」

「関係ねえ。しくじれば、一般市民。俺らの胸から桜田門の代紋がはずれる。けど、おまえは代紋を護《まも》れ。そのための一日だ」

螢橋は、力強く頷いて返した。

——おまえは代紋を護れ——

自分に投げられた言葉は即座に理解した。

代紋は、すなわち、田中一朗である。

11

三層か、四層か。

いまにも落ちてきそうな鉛色の雲は、ところどころ色を変え、上層の乳白色の雲だけが風に流されている。

突然、城の瓦《かわら》がきらめいた。雲が裂け、光のカーテンがひろがる。

螢橋は、コーヒーカップを中空に留め、眼を細めた。

皇居に臨むパレスホテルのティールームに着いて五分が経つ。

「そんな顔も見せるのか」

あかるい声がして、室内に視線を戻した。

警察庁の田中一朗が正面に座る。

「お呼びだしして申し訳ありません」

「そろそろかなと、構えてたよ」

「構えるなんて」

「あなたとやる仕事は、いつも心を構えてる」

ひと言で息の根を止められる。毎度のことだ。

きょうは笑顔を見られないだろう。

そう感じたとき、田中が眦をさげた。

いつまで経っても、田中の胸のうちは読めない。

「どうだった、ライバルは」

「はあ」

「警視庁の桃山実に会ったそうだね」

「どうしてそれを……やつは……」

言葉がでない。田中に面と向かって、後藤の手下とは言いにくかった。

「内閣情報調査室のトップ、有馬《ありま》情報官の子飼いで、後藤軍団の幹部候補生だ」

「キャリアなんですか」

「若気の至りで一時期ほされ、出世が遅れたけれど、有馬に拾われ、本線に戻った。現職は、警視庁公安部の理事官。警視クラスが相手では役不足かな」

「自分に役どころなんてありません」

「しゃれたことを。でもまあ、桃山は気にしなくていい。新島の事案で、あなたを敵に回すようなまねはしない」

「それでは後藤に怒られるでしょう」

田中が頸を傾げ、不満の色を覗かせた。彼は曲言を嫌う。

「後藤は秘書の岡部を切り捨てる腹ですか」

「それしか桃山を動かす理由はない。見切り時を彼にまかせてるのだろう。だから、おとといの夜も、穏便に済ませた」

螢橋は、まるくなった口からため息を洩らした。岡部とのいさかいも承知なのだ。

田中がロイヤルミルクティを呑み、顔をあげた。

「で、きょうの用件は」

「都知事の特別秘書官、斉藤伸之と対面します。たぶん、岡部とも」

「どうして」

「成り行きです」

「また、彼らか」

「ええ」

「ひとつ、訊いていいか」

「はい」

「はぐれ鳥のあなたが、どうして彼らとつるむ」

「鹿取はともかく、児島には弱みを握られています」

田中が眼をまるくし、やがて、声を立てて笑った。

螢橋は、呆気にとられながら、笑いが鎮まるのを待った。

「おもしろい。じつに愉快だ。児島要の底なしの純情が苦手とは」

「なにからなにまで、よくご存じで」

そう返すのが精一杯。本音は、あなたほどではありません、と言いたかった。

「いいだろう。存分やればいい。だが、わたしは、結果にいっさい関与しない。あなたと児島が職を失うはめになっても、手を差し伸べない」

「そのお言葉だけで、充分です」

「野次馬根性で訊くが、勝算はあるのか」

「それなりに。これを……」

螢橋は、上着の内ポケットに収めていた封筒をテーブルに滑らせた。

「おととい、岡部と別れたあと、朴の元愛人の部屋で見つけました。岡部がその女の部屋へ行きたがった理由はそれです。朴が持ち込んだ盆栽に隠してありました」

「盆栽なら十年はかるく持つね」

「一度、その女の部屋を調べたのですが、盆栽とは……迂闊《うかつ》でした」

田中が封筒を手にした。

中身は罫紙に記された念書と、額面五千万の領収書が四枚。念書の日付は十年前の二月十日。領収書のほうは同年の二月からほぼひと月おきになっている。

念書は朴正健と岡部透のあいだで交わされたもので、その内容を裏付ける領収書は、宛名が朴正健、発行者は岡部透である。

それらを神谷七恵の部屋で見つけたとき、螢橋は己の眼を疑った。用心深くカネ儲けに励んでいた朴が、空手形のような一枚の紙きれを担保に、二億円をさしだすとは信じられなかった。まだ公営カジノ法案は議会に提出されるどころか、民和党の政調会での議題にもあがっていなかったのである。

それでも冷静になれば、そんなものかと頷く自分がいる。利益追求を第一義とする企業の多くは、目的のためには手段を選ばない。とくに、永田町や霞が関への攻勢は、専属の担当者をあて、徹底的に籠落してきた。日本経済の発展は政官業の癒着と談合の上にある。

経済バブル崩壊後の不良債権処理が遅々として進まなかったのは、それ以前に、政治家や官僚が企業の甘い蜜に群がったせいである。彼らが企業に対し信義や温情を抱いたわけではなく、真実の暴露を恐れたからにほかならない。

田中が顔をあげた。

「詐欺だな」

「ええ。詐欺の主犯が念書を交わすはずがないので、絵図を描いたのは別人かと」

「見当が付いてるんだろ」

「東和地所の中村八念。やつしか考えられません」

「朴正健に公営カジノの情報を流し、用地確保に関する権利と正規のエージェント業務を委ねると約束し、見返りに高額のウラ献金を融通させた」

「同時進行で、中村は、警察庁の所管下での公営カジノを画策する後藤の情報をもとに、最有力候補地の新島の土地を買い占めた」

「あなたは、この念書を攻めの道具に使わないのか」

「自分には似合いません」

「よし。わたしが預かる。それで、気が済むのだろ」

螢橋は、眼で頷いた。

「しかし……」

田中の瞳が澄み切る。

「あなたは、日本の警察をすこし見くびってるようだ」

「……」

「五、六年前、後藤勝正に手錠を打ち、警察組織の健全化を目論《もくろ》んだ連中がいる。ほかならぬ警察官僚の面々だった。あと一歩のところで失敗し、クーデターそのものが闇に葬られてしまったが、警察官僚のなかには、いまも気骨のある者が大勢いる。国家・国民の利益と安全を護るだけでなく、全国に二十七万人いる警察官の矜持《きょうじ》を堅守しようとする連中がいるのを覚えておいてくれ」

螢橋は空唾を呑んだ。

警視長もクーデターに参加されたのですね。

そのひと言を、胃の腑に落とした。

田中がいまのポジションに五年以上いる理由がようやくわかったように思えた。

12

児島要は、助手席で腕を組み、黙りこくっている。ものを言えば、胸に溜まる熱が逃げ、己の意思が折れそうな気がする。

昨夜はなかなか寝つけなかった。赤坂の焼肉店で同僚の鹿取や神奈川県警の螢橋と合流したあと、彼らの馴染《なじ》み《の》のクラブで一時間あまり遊んで帰宅したのだが、たらふく食べ、かなりの量の酒を呑んでも、神経は弛むどころか、薔薇《ばら》の枝のようになった。

——一日、待て——

鹿取のひと言は、自分の暴挙を考えなおせという意味だったのか。

時間を重ねるにつれ、あの言葉が心に重くのしかかっている。

己の信念や熱情と、おなじ釜の飯を食う仲間とを、天秤《てんびん》に掛ける自分がいる。初めての経験だ。捜査上での個人プレイは毎度のことでも、捜査が最終局面を迎えれば、仲間と連携し、成果を挙げてきた。仲間の誰もがそうやって縁を紡いできた。

今回は、仲間と連携するのはもちろん、理解を求めることさえできない。公安刑事の螢橋なくして、斉藤や岡部にぶつかれないからだ。

その螢橋にも無理を強いたと思う。公安刑事が被疑者と対面するのはまれである。それだけでも公安刑事にはリスクなのに、警視庁刑事部と衝突する恐れもあるのだ。

そんなあたりまえのことすら、あのときは失念していた。

――もっと次元の低い……みにくい権力争いだ――

鹿取が吐き捨てた言葉は、螢橋の根回しのための一日を強く印象付けたのだが、ひとりになって反芻してみると、なにもかもがひとりよがりの強弁だったような気がした。

それでも、己の意思を捨てたくない。

どこまでもわがままな性格を許してしまう自分がいる。

「あの車」

室町の声がして、視線をフロントガラスに向けた。

赤い車がマンションの地下駐車場に消える寸前だった。

「運転してるのは野口澄子。斉藤の彼女です」

「ひとりだったか」

「はい。金曜なので週末を一緒にすごすのでしょう」

都知事の特別秘書官、斉藤伸之は、午後五時半に都庁をでると、電車を乗り継ぎ、まっすぐ青山の自宅に帰った。

自分の車が爆破されたというのに、電車のなかの斉藤は、周囲を警戒するふうもなく、もの思いに耽《ふけ》るような表情で吊革にぶらさがっていた。

斉藤を初めて見たときの印象は、脆《もろ》い、である。身に付けた知識を武器とし、知性という鎧《よろい》で着飾る者ほど感情のほころびは早い。さらに、理性の箍《たが》がはずれてしまえば己を見失い、致命的な墓穴を掘る。

しばらくして、四階の角部屋の灯がひとつ増えた。

室町が言葉をたした。

「さっきの女、元は上司の彼女だったそうです」

「上司って、東和地所の専務、中村八念か」

「はい。同僚の複数の証言を得ました。それと、彼女は会社の親しい友人に、近々結婚すると言ったそうです。ただし、相手の名は喋っていません」

「そんなことまで調べたのか」

「斉藤のことはなんでも。あの部屋、八年前に斉藤が購入した価格は一億三千万円。都市経済研究所の内田優を連帯保証人にして、五千万円のローンを組んでます」

「マンションの施工主は東和地所」

「知ってたんですか」

「斉藤と内田の人脈をたぐれば簡単にわかる」

「それにしても、頭金の八千万円はどう工面したのでしょう。八年前といえば、斉藤が都市経済研究所に入って二年目。マスコミにでるような活躍はしてなかったし、実家は福島の過疎地で細々と農業を営んでいる。カネの出処《でどころ》が気になりませんか」

「宝くじでも当てたんだろ」

「先輩っ」

室町が語気を強めた。

「やる気、ないんですか」

「ん」

「きょうはずっと塞《ふさ》ぎ込んで……変ですよ」

「呑みすぎだ。胃がむかむかする」

「むかむかしてるのはここじゃないですか」

室町が自分の胸に手のひらをあてた。

「そうとも。こんなだらだらした捜査、やってられん」

「とか言って」

「はあ」

「ぼくを騙し、ひとりで突っ走るつもりじゃないでしょうね」

「うるさい」

「でた」

「なにが」

「都合が悪くなると、うるさい……先輩の口癖」

児島は、室町を睨みつけた。たぶん、自分でもいやになるほど尖っている。いつもなら
さらっと聞き流せる言葉にも、神経は過敏に反応してしまう。

だが、室町は気分を損ねることなく、口をひらいた。

「新宿署の捜査一係に、斉藤を気にしてる刑事がいますよ」

「誰だ」

「立花とかいうベテラン。ほら、最初の会議で管理官に突っ込んだ刑事です。あの人、きのうの夜の会議で、斉藤を呼んで、話を聴きたいと」

「理由は」

「話す前に却下されました。管理官はどうかしてます」

「うかうかしてられんな」

「えっ」

室町が声を放ったときはもう、携帯電話を手にしていた。相手は鹿取だ。

《いま、どこだ》

「青山。相棒と斉藤のマンションを見張ってます」

《もう帰ってるのか》

「ええ。十分ほど前、斉藤の女がやってきました」

《早々とお寝んねか》

「鹿取さんじゃあるまいし。まだ八時前ですよ。これから楽しい食事でしょう」

《どっちにしても呑気な野郎だぜ。世間が慌ただしくなったってのに》

「なにかあったんですか」

《とんでもねえことになった。トップ会談だ》
「ええっ」
児島は、慌てて室町に視線を振った。毎度の知らぬ顔だが、聴き耳はしっかり立ててるだろう。それでも、ためらいを捨てた。
「石橋と後藤ですか」
《午後六時。虎ノ門のホテルのスィートルームでご対面》
「別々に入った」
《もちろん。石橋は白石にまかせ、俺は朝から後藤をマークしてた》
「どうして」
《今回はおしえてやる。ホタルは、警視庁の公安刑事に監視されてた。おそらく、後藤の指図だ。おとといの夜、ホタルは、その刑事と面を突き合わせた》
「もめたのですか」
慎重になる。螢橋の名は口にできない。公安も禁句だ。
《それはなかったが、後藤が腹を括るきっかけにはなったろう。で、動くと読んだ》
「石橋のほうはどうなのです。急いで擦り寄るわけがあるのですか」
《後藤に新島の件を持ちだされれば、会わざるをえん。斉藤が殺人犯なら、都民の絶大な人気で支えられてる石橋といえども身が危ない。なにしろ自分が任命した特別秘書官だから責任追及は免れられん》

「ほんと、身勝手な連中ですね」
《まだ続きがある。トップ会談が終わったあと、ホテル内の日本料理店の個室に、警視庁の三名が呼びつけられた。警視総監と刑事部長、もうひとりは公安部長。その店で待機していた岡部も同席した》
「なんと」
《いまも会食中だが、トップどうしが描いたシナリオを押し付けてるのだろう》
「そんなもの、受けるのですか」
《苦い酒と一緒に呑みくだす。それしかない》
「ばかな」
《いいぞ。燃えろ、要。どうせ、うじうじ悩んでたんだろ》
「鹿取さんにはわかりませんよ」
《わかりたくもねえな。けど、仲間ってのはいいもんだ》
「………」
《いいか、この週末が勝負だぜ。ホタルとの連携はおまえにまかせるが、それまで、斉藤から絶対に眼を離すな。なにが起きてもおかしくない状況になってきた》
「それって」
《自殺もある。他殺も……あるかもしれん》
「岡部のほうは」

《倉田に頼んだ》

「わかりました」

《おい、要。やると決めたからにゃ、悩むな。迷えばしくじる。ホタルも気にするな》

「一日って……」

《いま言ったろ。よけいなことを考えるな》

「必ず落とします」

児島が電話を切ると、間髪容れず、室町が口をひらいた。

「誰を落とすのですか」

「犯人に決まってる」

「割れた」

「目星は付けたが、ウラがとれてない」

「ほんとでしょうね」

「勝手に疑ってろ」

「これからは」

「ここで徹夜だ」

「それなら、夜食を買ってきます」

室町が車をでて駆ける。

児島は、彼の背が闇に紛れるまで見続けた。

なんとしても、斉藤を落とす。三係の仲間を窮地に陥れるわけにはいかない。

三時間交替で睡眠をとり、朝を迎えた。

青空と太陽を隠す分厚い雲のおかげで熟睡できた。刑事は気合で眠る。いつでもどこでも、短時間でも、眠らなければ刑事の仕事はできない。

七時に起きてすぐ、室町が用意したサンドイッチを嚙みしだき、牛乳で流し込んだ。そとにでて、煙草を喫いつける。一服したあと、屈伸運動。肩や腰の周囲が固まっている。熟睡はできても、軀は慣れてくれない。

曇天を見あげるさなか、視界の端で赤い車を捉えた。

慌てて、眼を凝らす。斉藤のマンションの駐車場から現れた車は、昨夜に来た道を戻るように走り去った。

背に声がした。

「先輩」

「ほっとけ。乗ってたのはひとりだ」

マンションまでの距離は十メートルほどなので、見間違えるはずがない。

かるく軀をほぐそうとしたとき、ポケットの携帯電話が震えた。

「はい、児島。どうしたんです、こんなに早く」

《斉藤は》

「自宅です。昨夜から一歩もでてきません」
《すぐに踏み込め》
「えっ」
《岡部が自殺を図った》
　くらっとめまいがした。
《岡部の自宅に救急車が来て、見張ってた倉田が家のなかに飛び込んだ。一階の居間の鴨《かも》居《い》で頸を吊ってた。倉田の見立てでは、助からんらしい》
「鹿取さんはどこに」
《いま、後藤の自宅。ずっと張り付いてる。やつの指図なら、自宅をでん。きょうの予定は空になってるはずだ》
「秘書が自殺したのに」
《そとにでればマスコミの餌食《えじき》になる》
「斉藤も自殺の恐れが……」
《女が一緒なんだろ》
「ついさっき、女は離れました」
《ひとりでか》
「ええ」
《すぐ行け》

「でも、ホ……」口ごもり、慌てて車から離れる。

「ホタルさんは」

《俺が連絡する。とりあえず、斉藤の身柄を確保しろ。横浜でも……いや、三好組に頼んで適当な場所を確保してやる》

「そ、そんな」

《やかましい。斉藤を確保したら、室町を俺のところへよこせ》

児島は、電話を切り、室町を手招きした。

急ぎ足でマンションへ向かう。四〇一号室が斉藤の自宅。パネルの数字を押そうとして室町に腕を引かれた。なかから女性がひとり、ゴミ袋を手にでてくるところだった。

四〇一号室のドアの前に立ち、インターホンを押した。

返事がない。しつこく何度もくり返した。そのあいだ、スコープに警察手帳をかざしていた。やましいところがあろうとなかろうと、斉藤ならでる。

一分は経ったか。

ドア・ノブが回り、ドアが開いた。だが、五センチ。チェーンがかかっている。

隙間《すきま》を覗《のぞ》き込む。途端、顔をしかめた。

現れたのは素顔の女だった。

それでも、頭と気持ちを切り替える。

「斉藤さんはおられますか」

「いえ。でかけました」

「あなたの車で」

「えっ、ええ。彼の車は壊れてしまって」

「どちらへ」

「……」

「斉藤さんはどこへ行かれたのです」

「あなた方はどうしてここへ」

「野口澄子さんですね。ドアを開けてください。事情を説明します」

短いため息のあと、澄子がドアを開ける。

児島は、すばやく身をいれた。室町も続いた。

澄子が華奢《きゃしゃ》な軀を壁に寄せる。

「なかで……」

リビングのソファに向き合うや、児島は身を乗りだすようにして話しかけた。

「もう一度、訊きます。斉藤さんはどちらへ」

「知りません」

「斉藤さんの命にかかわることです」

「どういう意味ですか」

澄子が気色ばむ。

「緊急事態なのではっきり言いましょう。斉藤さんは、都庁爆破事件の容疑者です」

「そんな。彼は、命を狙われていたのよ」

「ずいぶんはっきり言いますね」

「だって……」

澄子が語尾を濁した。黒い瞳が左右に揺れる。

児島は、さらに顔を近づけた。

「話してください。斉藤さんは、誰に命を狙われていたのです」

「言えません」

「とり返しのつかないはめになりますよ。後藤議員の秘書、岡部透が自殺したのをご存じなんでしょ」

斉藤が早朝に車を駆った理由はほかに考えられない。

「誰から連絡があったのです」

「内田さん」

「都市経済研究所の……どんな話を」

澄子が烈《はげ》しく頸を振る。

「知りません。彼は、ふざけるな、と怒鳴って……電話を切るとすぐに身支度を」

「話を戻すけど、斉藤さんが命を狙われてると言ったのですか」

「いえ。わたしが勝手に……」

「誰が狙ってたの」

「わたしが勤めてる会社の専務」

「中村八念ですね」

「そう。でも、ほんと、偶然なのです。お茶を運ぼうとしてドアの傍まで行ったとき、専務の声がして……斉藤を始末するしかないと……はっきり聴こえました」

「相手は」

「わたしがとりつがなかったので、ケータイだと思います」

「そのことを、あなたは斉藤さんに話した」

「恐くて」

「斉藤さんと中村専務は顔見知りですよね」

「ええ。わたしが初めて彼に会ったのは、二年前、内田さんと一緒に会社へ来られたときだけど、もっと以前から知り合いだったようです」

「ようとは……本人に聴いてないの」

「あんまり話したくないので」

児島は、ひと呼吸おいた。男と女の仲に深く入りたくない。

「斉藤さんに話したのはいつ」

「今月の六日」

「断言できる」

「もちろん。わたしの誕生日だったので。その夜、彼にプロポーズされたの」

「話したときの、斉藤さんの反応は」

「意外なほど冷静で……心配するなと」

「それだけですか」

澄子の視線が逸《そ》れた。

児島はたたみかけた。

「あなたは、斉藤さんが爆破事件を起こしたのを知ってるね」

澄子が幾度も顔を振る。まるで力がない。

児島は、立ちあがり、室町に言い放った。

「ここで彼女を見張ってろ。外部との連絡はとらせるな」

「先輩は」

「やつを追う。いいか。間違っても彼女を捜査本部《チョウバ》へ運ぶなよ。邪魔が入る」

言うが早いか、児島は部屋を飛びだした。

螢橋政嗣は、冷静だった。鼓膜の振動は感情を揺るがさなかった。やはり、という思いだけが心に淀《よど》む。政官業の癒着疑惑で犠牲になるのは、第一に政治家の秘書、第二がかかわった官庁の役人。けして、彼らが潔く、忠義の人なのではない。有形無形に死の淵へ追いやられるのだ。とどめのひと言で奈落《ならく》の底に突き落とされる。これまでもくり返されてきた悲劇がまた起きた。

螢橋が憂鬱な気分になるのは、そういう出来事に慣れる己の心に対してである。

電話の相手の田中一朗の声からも感情の乱れは感じとれなかった。

《どうする》

「やります」

《桜田門の二人に圧力がかかるかもしれない》

「そのときはひとりでも。あとは、斉藤が人であるのを願うのみです」

《後藤も石橋も人でなしか》

「けだもの連中を相手にするのは苦痛で堪《たま》りません」

《同感だね。しかし、それがわれわれの仕事だ》

「警視長は離れていてください」

《そうつめたくするな。わたしも人でなくなる》

「朴も岡部も死んだいま、念書はお守りにもなりません」

《ひとつ、約束しなさい》

「なんでしょう」

《斉藤を落としても、深追いするな。あとのことは桜田門にまかせろ》

「いつもそうしてます。どうして念を押されるのですか」

《あなたを失いたくない》

「……」

違うな。

螢橋は、とっさにそう感じた。田中がさらりと放つ言葉の裏には複雑な模様が潜んでいる。田中が描く策略の絵図は見えなくても、それがわかるようになった。

《昨夜、後藤と石橋が密談したことは》

「鹿取に聴きました」

《二人は、きょうの予定をすべてキャンセルした。この土日はどこかで傍観し、これから起きることへの対応を検討したうえで、月曜日に会見を行なうつもりだろう》

「二人の会談のあと、桜田門の幹部三人が呼びつけられたそうですね」

《捜査の早期終了を言い含められたらしい》

「岡部の自殺を前提にですか」

《そこまでは言わんよ。しかし、警察組織と、それを差配する後藤への悪影響を最小限度に抑えるためか、新島と都庁の事案の背景を深く探るなと釘を刺したようだ》

「自分はどこまでやればいいのでしょう」

《はじめに話した、公安刑事としての職務をまっとうすれば充分だ》

「後藤と石橋の思惑どおりになってもかまわないのですね」

《当面は》

「斉藤を落としても、後藤と石橋は連携するのですか」

《それはない。水と油は絶対に混じらない》
「わかりました。とりあえず、警察組織を爆破事件の前の状態に戻します」
《頼む》
電話を切るや、パネルに指を這わせる。何度も着信の合図があった。
「待たせたな」
《予定変更か》
鹿取の声は落ち着き払っていた。田中と話していたと確信しているのだ。
「指示はなかった。岡部の件を報せてくれただけや」
《ふーん》
「斉藤はどこにいる」
《たぶん、藤沢に向かってる。鵠沼《くげぬま》に都市経済研究所の内田の自宅がある》
「内田も新島のコロシに絡んでるんか」
《わからん。十年前はどうだ》
「俺の網にはかかってなかった」
《公営カジノの事案でもやつの名前は挙がってなかった》
「八念か」
ぽろっとこぼれでた。
《中村八念だな。十年前はもう不動産業界の仕切り屋で鳴らしてた中村と、当時、新進気

鋭のエコノミストとして売りだしていた内田。要の話では七、八年の付き合いらしいが

……よし、もっと以前の接点を摑《つか》んでやる》

「摑んでもむだや」

《ん》

「朴と岡部の贈収賄疑惑……影の主役は中村八念。そのうしろには、たぶん、後藤」

《後藤は、岡部より、中村を信頼してたわけか》

「岡部は汚れ役だが、八念はおおきな利権を動かせる」

《中村の仲持ちで、岡部と内田が繋がったとしてもむりか》

「ああ。朴と岡部のときとおんなじ。八念がやることにぬかりはない」

《中村は、岡部に朴殺しを指示しても、内田には言わなかったと》

「それはこれからのお楽しみやが、八念までは手が届かんと思う」

《朴と岡部。表の主役が死んで、真相は闇のなかか》

「いつか、雷光が照らしてくれる」

《おまえには似合わん台詞だぜ》

「ふん。それより、斉藤が内田の家に向かってると、なんでわかった」

《内田が斉藤の自宅に電話をかけてきて、怒った斉藤が部屋を飛びだした。昨夜から斉藤と一緒にいた女がそう証言した》

「斉藤の部屋に踏み込んだのか」

《緊急事態だ。斉藤の自宅を見張ってた要に、俺が指示した》

「見張ってたのに、斉藤を追わなかったのか」

《女の車を使ったらしい》

「で、児島は」

《十分前、藤沢へ向かうと連絡があった。三十分遅れだな》

螢橋は、携帯電話を耳にあてたままキッチンへ向かい、コーヒーを淹《い》れる。

田中から電話がかかってきたときはまだ眠っていた。きのうはかなり呑んだ。ナイトラウンジ・恵のあとも、ママの七恵とオカマバーで浴びるほど呑んだ。

酒で体内にはらむ熱を麻痺《まひ》させたかった。田中の言葉は自分には重すぎる。

――警察官僚のなかには、いまも気骨のある者が大勢いる。国家・国民の利益と安全を護るだけでなく、全国に二十七万人いる警察官の矜持を堅守しようと――

聴きたくなかった。気骨のある者が万人いようと関係ない。

――あなたは、日本の警察をすこし見くびってるようだ――

みくびるもなにも、警察組織に感慨を持たない。

そう返せなかったのは、田中の存在だろう。

《おい、聴いてるのか》

「朝っぱらから怒鳴るな。児島が横浜を通過するまで、まだ時間はたっぷりある」

《余裕じゃねえか》

「俺の事案は終わった。岡部の自殺でな」
《冗談ぬかすな。おまえが、要の助っ人だけで動くタマか》
「いまどき、児島のようなあほはめずらしい」
《ごもっとも》
「やつの気骨の添木になったる」
《はあ。大丈夫か、おまえ》
「呑みすぎて狂ったかもしれん」
《そとの景色はどうだ。公安部の桃山はいるか》
「いや。きのうから姿を見せん」
《だろうな。後藤と石橋の手打ちで野郎の役目は終わった。ほんの一時の、見せかけの手打ちだろうが、とにかく、邪魔者は消えてくれた》
螢橋は、胸のうちで唸《うな》った。さすがは、警視庁公安部に鹿取あり、と噂されただけのことはある。背景を読み解く能力は田中警視長と遜色《そんしょく》ないかもしれない。田中は賭け麻雀《マージャン》、鹿取は女。一箇所、底が抜けているのもおなじだ。
俺は、と思いかけて、会話に神経を集中させた。
「桜田門の七係はどうや。まだ斉藤を朴殺しの犯人と見込んでないんか」
《心配いらん。おまえとおなじ絵図を描いてるかもしれんが、決め手の物証がない。それに、岡部の死が、捜査の足枷《あしかせ》になる。金曜の夜、後藤と石橋が警視庁の上層部に因果を言

い含めたろうから、なおさら動きづらい》
「風は児島の味方か」
《無垢《むく》な男は運が強い。けど、今回はおまえが頼りだ》
「おまえは」
《後藤から離れん》
「ほお」
《なんだ》
「おまえを公安部から弾《はじ》き飛ばしたんは、真中修やのうて、後藤なんか」
《忘れた。どっちにしても、人でなしだ》
螢橋は、吹きでそうになる笑いを堪《こら》えた。手のコーヒーがこぼれそうになる。

13

JR藤沢駅で合流し、児島要が運転する車で南下し、鵠沼へ向かった。

児島の顔は緊張と血気で強張っている。

螢橋は、助手席で黙っていた。気休めも威しの言葉も児島ならはねつけてしまう。

ほどなくして、緩やかな坂をくだりかけたところで、車はスピードを落とした。

海が見える。そう遠くない海は、空とおなじで、まだらな色をしている。

児島が地図で住所を確認し、区画整備された一角の路地に入る。

螢橋は、前方に車を見とめ、声を発した。

「止めろ」

「もうすこし先ですが」

児島が怪訝そうに返した。

「ちょっと待ってろ。ええか。面《つら》をさらすなよ」

螢橋は車を降り、まっすぐ路肩に止まる車に向かった。

黒のセダンから男が現れた。警視庁公安部の理事官、桃山実である。

螢橋は、彼の間近で足を止めた。

「おまえの役目、終わったんやないんか」

「前にも言ったろう。ひまでね」

「内田優を見張ってるんか。それとも、斉藤伸之を追うて来たんか」

「さあね」

「また、自殺に追い込むてか」

桃山が眉間《みけん》に縦皺《たてじわ》を刻む。

「内閣情報調査室の犬らしいな」

「あんたも似たようなまねをしてるそうじゃないか」

「俺は趣味や。飼い犬にはなってへん」

「霞が関の課長、評判は聞き及んでる」

「気になるのなら、己の眼で確かめろ」

「やめとく。あんまし器用なほうではないのでね」

「きょうは邪魔すなよ」

「どうする気だ」

桃山がすこし視線をずらせた。車の運転席が気になったのか。すぐに言葉をたした。

「あの男と、あんた……どっちが主役かな」

「俺は手をださん」

「それは困った。都庁爆破の事案は公安部が仕切ってるのでね」

「新島もか」

「そうだ」

「桜田門は、初っ端《しょっぱな》から新島と都庁の事案を関連付けたんやな」

「応えられん」

「それでもええけど、ここを動くな。動けば俺が相手になる」

「本気か」

「おう。ついでに言うとくが、桜田門の連中が押しかけてきてもおなじことや。神奈川県警の島で勝手なまねはさせん」

「ハマのホタルは一匹で飛ぶのが好みではなかったのか」

「が、上がやることには干渉せん」

本音だが、事実ではない。今回にかぎり、県警本部警備部長の一丸には縄張り確保のための態勢を要請してある。一丸は快諾してくれた。よほど警視庁刑事部長の電話が気に喰わなかったようだ。警視庁からの協力要請があった場合は連絡するとも言われた。

「俺はじっとしてるから約束しろ。斉藤の身柄をとってもいいが、運ぶ先は新宿署」

「それを俺に伝えとうて、ここで待ってたんか」

「仕事はないが、雑用は多い」

「できれば都庁爆破の事案で事を済ませたいのやな」

「そうはいかんだろうが……」

桃山が苦笑を洩《も》らした。

螢橋は、田中との会話を思い浮かべた。田中の口ぶりは桃山を嫌っていなかった。

車に戻るや、児島の好奇の眼差しがぶつかってきた。

「誰です」

「公安部の理事官」

「もう来てたのですか」

「やつは俺を待ってた。おまえの仕事の邪魔はせん」

短いやりとりで児島が車を動かしたのは集中力が高まっている証である。

木造二階建て住宅の前に立った。

児島がインターホンで名乗ると、ほどなくして玄関から男がでてきた。

白のポロシャツにカーキのコットンパンツ。身なりは異なるけれど、螢橋はすぐに内田優とわかった。田中警視長が送ってくる資料で、経歴も知っている。ただし、雑誌やテレビと違って、人懐こい笑みはない。小皺がめだち、幾分か老けて見える。

それが彼の素顔なのか。警視庁の刑事の、突然の訪問のせいなのか。あるいは、先客とトラブルを起こしているさなかだったのか。

児島が手帳をかざし、ちらっと路肩の赤い車に視線をやった。

「都庁の特別秘書官の斉藤さん、お見えになってますよね」

「彼にご用なら、呼んで来よう」

「あなたにも」

「えっ」

「お邪魔してもかまいませんか」

「それは……」

「拒否されるのなら任意同行を求めますが」

にわかに、内田が顔を強張らせた。

「正式な手続きを踏んでるのか」

螢橋は手帳を見せた。

「俺が立ち会う。つまり、神奈川県警が警視庁の捜査を認めてる」

「ホタル……いいだろう。だが、夕方からテレビの収録があるので手短に頼む」

二階の部屋に案内された。

かなり広い洋室は衝立《ついたて》で仕切られており、右が書斎、左はリビングになっている。

しゃれたソファのまんなかに座る斉藤が眼をまるくした。

「な、なんだ、君は」

「あなたを追って来ました」

応じる児島に気負いは感じられない。

螢橋は、名乗らずに、児島と並んで、斉藤の正面に座った。

太平洋を眺める窓を背に、内田がひとり掛けのソファに腰をおろす。

児島が言いたした。

「じつは、あなたを監視していました。赤い車を運転してるのがあなただとわかれば、もっと早く来れたのですが」

「なぜ、見張る」

「心配で。彼女も心配されてる」

「きさまっ」

斉藤の腰が浮きかけた。

「澄子と話したのか」

「岡部さん自殺の一報を受けて、あなたの部屋を訪ねました」

「俺となんの関係がある」

「お友だちでしょ。一緒に新島へ行かれるほど仲がよかった。ねえ、一ノ瀬さん」

「な、なにっ」

「……」

「切れ者と評判のあなたらしくもないミス。めずらしい名前が墓穴を掘った」

「あなたの生まれた村の名ですね。ちなみに、康三はとなりの家のおじさん」

「なんのことだか」

「とぼけないでください。十年前の夏、あなたが一ノ瀬康三を名乗って、新島行きの船に乗ったのはわかってる」

「記憶にないが、それが事実として、どうだと言うのだ」

「その話はのちほど。ところで、都庁爆破の実行者、江黄民とは面識がありますね」

「あるわけがない」

「あなたが母校でおしえてる学生ですよ」

「いちいち学生の名前なんて覚えてない」

「学校内で二人が話してるのを目撃した人も複数います」

「学生に声をかけられれば話くらいする」

児島が内田に視線を移した。

「内田さんもおなじ大学の、おなじゼミの出とか」

「それがどうした」

「いえね、奇妙な偶然があるものだと……十年前の斉藤さんと、ことしの江黄民、おなじ大学のゼミで学んでいた。しかも、あなたと斉藤さん、おなじ肩書で講師をされてる」

「奇妙でもなんでもない。おなじ志を持つ者どうしの、ありふれた偶然にすぎん」

「ほかにも共通点はある。四年生の夏の時点で、斉藤さんも江も就職先が決まっていなかった。もうひとつ、まじめな苦学生だった」

なにか言いかける内田を無視し、児島が視線を戻す。

「斉藤さんがやったこと、偶然ではありませんよね」

「どういう意味だ」

「自分の体験を再現した」

「なにを言ってる」

「あなたは、おしえ子に爆弾を造る話を持ちかけた。見返りは百万円と就職先」

「ばかばかしい」

「斉藤を始末するしかない……一本の電話が爆破事件を計画した動機です」

「なんの話をしてる」

「いいかげんにしろ」

児島が語気を荒らげた。

「十年前の、新島でのコロシ。それが爆破事件のひきがねになった。殺人者のあなたは、白骨死体が発見されて慌てふためき、事件の真相を隠そうと画策した」

「でたらめ言うな」

「まだ、続きがある。画策がうまくいかなかったあなたは、都庁内で爆破事件を起こすことで、知事の石橋をまき込み、岡部や内田に警告を発した。すべては保身のためだ」

「そんな作り話……どこに証拠がある」

「野口澄子さんの身柄は抑えた。いまごろ、彼女がなにもかも話してるだろう」

「嘘だ」

斉藤が声を張りあげた。

「なにが嘘なのです」

「し、し、知らん」

「そう。あんたは爆破の件を澄子さんに喋《しゃべ》っていない。でも、彼女は知ってる。心底、あなたに惚《ほ》れ、あなたを心配してる」

「そんなこと……」

「わかってるんでしょ。ところで、十年前、内田さんにささやかれたときは……」

「待て」と、内田が割り込む。

「俺はなにも知らんぞ」

「それならどうして、斉藤さんの住宅ローンの保証人になり、石橋知事に彼を推した」

「彼が有能だからに決まってる」

「きょうの電話の中身は」

「岡部さんの訃報《ふほう》を報せた」

「それなのに、斉藤さんは激怒し、ここへすっ飛んできた」

児島がふたたび斉藤に視線を据える。

「内田さんは、自分だけ罪を逃れようとしてる。いいんですか。岡部さんが自殺したいまとなっては、あなたひとりで朴正健殺害の罪を被《かぶ》ることになる」

「……」

斉藤の視線が右に左におおきく揺れ動く。

螢橋は、そんなふうに思った。仲間割れなどではない。野口澄子に惚れているからだ。堕《お》ちるな。堕ちるとすれば、

児島がすくと立ちあがる。

「話の続きは新宿署でゆっくり伺います」

斉藤の肩が落ち、おおきなため息がこぼれでた。

「さあ、斉藤さん」

児島が腕を伸ばす。

同時に、内田が引きつった声を発した。

「俺は知らん。ほんとに知らなかったのだ」

「なにを」と、児島が応じた。

「コ、コロシ……」

「そう言い張ってろ。あなたは間違いなく共犯者だ」

「違う」

内田が烈《はげ》しく頸《くび》を振る。もげ落ちそうだ。

児島が攻め立てる。

「十年前、後藤勝正議員の秘書、岡部透さんと接点があったのは、斉藤さんじゃない。内田さん、あなただ。いいですか。朴正健殺害に関して、斉藤さんの容疑は固まってる。き

ょう、逮捕状を持ってこなかったのは、新島殺人事件を担当する警視庁の仲間に配慮してのことです。新島と都庁の、ふたつの事件の根はおなじ。これから、警視庁に斉藤さんを連れ帰り、どちらの事案を先にやるか決めるが、いずれにしても、近い日、あなたにも出頭要請がある。斉藤さんの供述しだいでは、逮捕状を突き付けるかもしれない」

わずかなまが空き、内田が声を絞りだした。

「た、頼まれたんだ」

「誰に、なにを」

「喋るな」

斉藤がわめき、立ちあがる。

内田に突進しようとする寸前で、螢橋は、斉藤の腕を摑み、ソファに引き倒した。

「往生際が悪いのう。女のために観念したんやないんか」

「うるさい」

斉藤が吠え、手足をばたつかせる。

螢橋は、顔面に一撃を見舞った。さらに拳銃《けんじゅう》を手にとり、斉藤の口に突っ込む。

「ひぃ」

内田が眼の玉をひん剝く。

児島が内田に凄んだ。

「ハマのホタル。あなた、玄関で知ってるような顔を見せたが」

「な、名前は……新島で白骨死体が発見されたあと、岡部に……」

「それなら話は早い。この人はすこぶる付きの悪刑事《デカ》で、平気で人を撃つ」

「ば、ばかな」

「試してみますか」

内田が眼をまるくしたまま咽を鳴らし、やがて、口をひらいた。

「岡部に、役に立ちそうな若者を紹介してくれと……コロシはあとで知った。翌年の春だったか、岡部から相談があって、斉藤に約束外の要求をいろいろ突き付けられ困ってると……俺は、コロシの話を聴いて、びっくりした」

「そのときはもう、斉藤さんは都市経済研究所にいた」

「初めに、後藤先生の力で研究所を支援するので、斉藤を雇ってくれと頼まれてた」

「就職の約束だけでコロシはやらん。カネは」

「一千万円だったらしい。そのあと、マンションを買わされ、母校の講師をねだられ、石橋さんが都知事になると特別秘書官に推薦……」

「もういい。あなたにも任意同行を願い、個別に事情を聴かせてもらう」

どうしましょうと、児島が眼で訊く。

螢橋は、即座に声で返した。

「斉藤を連れて、車で待ってろ。俺は、ちょっとばかし、内田に用がある」

児島がすなおに頷く。ここでの成果に満足しているのだ。

児島と斉藤が去ると、蛍橋は、内田の正面に移り、テーブルに腰をおろした。拳銃は手に握ったままである。

内田の頰《ほお》が痙攣《けいれん》しはじめた。視線がちらちら拳銃に向く。

「おまえが岡部と知り合うたんはいつや」

「研究所を設立したとき」

「誰かの紹介か」

「……」

蛍橋は、銃口を彼に向けた。

「い、言う。中村さんだ」

「東和地所の中村八念やな」

「そうだ。彼と、新日本電気の奥田会長のお世話で、設立パーティをやらせてもらった。そのとき、後藤先生の代理として岡部が来た」

「八念との付き合いは」

「もっと前、俺がアメリカから帰って、母校の講師をしてるとき」

「十年前、岡部に相談を持ちかけられたさい、八念に話さんかったんか」

「しない。あの人との付き合いは永いが、深くはなかった。いつも、距離を保たれてるような感じがしてた」

「新島のコロシを知ったときもか」

「しようと思ったが、できなかった。そういう人なんだ。一度でも嫌われたら、それで縁が切れる。企業や財界人とのパイプを断ち切られる」

「妙やな」

「なにが」

「岡部の自殺、誰におしえられた。まだニュースでやってなかったはずやが」

「な、中村さん……」

「ほかに、なにを言われた」

「いろいろと噂が立つかもしれないので、身辺をきれいにしておくようにと」

「おまえ、どう思うた」

「……」

「言わんかい」

蛍橋は、銃口を内田の心臓にあてた。

「すべてを知ってるんじゃないかと……でも、訊けなかった。訊けるはずがない」

「あほくさ。それでも男か」

蛍橋は、吐き捨て、拳銃を収めた。

14

石橋の会見が終わり、質疑応答に入った途端、記者席のあちこちで手が挙がった。都庁の記者会見場は、通路を埋め尽くすほどの、報道関係者が集まっている。

彼らとひとりで正対する石橋知事の顔が引きつった。それでも、修羅場から逃れられないと覚悟しているのか、しばたたかせながらも鋭い眼光を飛ばしている。

「おととい、土曜日の午前中、特別秘書官の斉藤氏が爆破事件の容疑者として逮捕されたのに、月曜日のきょうまで会見を行なわなかった理由をおしえてください」

「そりゃ君、事実確認の精査だよ。きわめて遺憾な出来事だからね。こちらとしても、慎重にならざるをえん」

「しかし、藤沢で任意同行を求められ、警視庁新宿署で逮捕されたあとの取り調べでは犯行を自供している。遅くともきのうの時点で会見するべきだったのでは」

「わかってないね。警察の発表だけで軽々にものを言うわけにはいかんのだよ」

別の記者が質問する。

「知事の任命責任を、どうお考えですか」

「結果責任については痛感してる。だが、人選ミスとは思わん」

「どうしてです。今回の逮捕容疑は都庁の爆破事件だが、十年前の、新島で起きた朴正健氏殺害でも嫌疑をかけられてるそうではありませんか」

「その件はまだ捜査中で、コメントする立場にない」

「斉藤氏とともに任意同行を求められ、事情聴取されているエコノミスト、U氏にも、新島殺人事件の嫌疑がかかっている。知事はU氏と親しくされていますよね」

「それがなんだ。ぼくには友人知人が大勢いる。彼はそのうちのひとりにすぎん」

「斉藤氏の秘書官登用については、U氏の強い推薦があったとか」

「推測でものを言うな。ぼくは能力第一主義者なのだ。有能な人材を登用する」

「そのさい、身体検査は行なわなかったのですか」

「むろん、手順は踏んだ。しかし、十年前の彼の日常まではね。君らだってそうだろう。惚れて結婚しようと思う相手の過去を、十年前までさかのぼって調べるのか」

後方の記者席から声が飛んだ。

「斉藤氏とおなじ嫌疑がかかっていた岡部透氏の自殺についてコメントもらえませんか」

石橋の眦がつりあがった。

「どこの新聞社だ」

「東京○△テレビです」

「ふん。無礼きわまる。きょうは都庁爆破の事件での記者会見だぞ。新島の事件を追っているのなら、永田町へ行って質問したまえ。それ以前の問題として、君は礼節を知らん。

嫌疑の段階で死者を侮辱するなど、日本人の道徳観になじまない」

壁際に立つ都職員が声を発した。

「本日の会見はこれまでといたします」

会場内がにわかにざわめく。

「知事っ」の声が幾つも重なった。


「いつまで経っても、子どもだね」

中村八念がリモコンを操作し、テレビを消した。

螢橋は、軀の向きを変え、中村と向き合う。

東和地所本社の、役員応接室にいる。

どうして中村八念に会いたくなったのか。自分でもよくわからない。

斉藤伸之はすなおに捜査員の訊問に応じ、きのうの夜の時点では都庁爆破事件の首謀者であるのを認め、さらにはその背景として、十年前の、新島での朴正健殺害があることまで供述している。都庁爆破事案と新島殺人事案では、爆破事案の捜査を先行させることが決まった。ただし、殺人事案の捜査員も新宿署に出向き、協力しているらしい。

児島要からはそんな細部まで報告があるけれど、螢橋はさめきっていた。

もう、十年前の朴正健にまつわる事案を追う気はない。ナイトラウンジ・恵のママ、神谷七恵の自宅で押収した手帳と念書でおおよその背景は見えた。さらなる捜査をしたところで、三つの事案の時効と被疑者死亡の壁は崩せない。

公安刑事としての任務は終わった。それでも、中村の顔を拝みに来た。咬みつく気も、愚痴を吐く気もさらさらないが、彼に会って、胸に翳《かす》むなにかを消したかった。

中村が口をひらく。

「斉藤も気がちいさい。十年前の影におびえて犯行を重ねるとは……そう思わんか」

「誰もが、あんたみたいに強い人間やない」

「わたしは臆病《おくびよう》者だよ」

「そうやったな。小心で臆病やさかい、人の前には立たん」

中村がにっと笑った。顔一面に余裕がある。

「影のない人は存在せん。人あるところに影ありだ」

「影が、あんたの人生か」

「好んでやってるわけではないが、居心地は悪くない。ほどよい役どころかもしれん」

「謳《うた》うな。己に酔うてるだけやろ」

「ハマのホタル……焼きが回って、愚痴を垂れに来たのか」

「かもな」

「まあ、いい。きょうはめずらしく予定が入ってない。なんなら、君のぼやきを肴《さかな》に、夕食をご馳走してやろうか」

「奢《おご》られるのは慣れてるが、あんたの顔を見ながらは食が進まん」

「では、ここへ来た用向きを聴こう」

「あんたの盟友、後藤勝正と、どこかであんたと繋がってる石橋太郎。二人とも殺人犯と縁がある。その感想を聴かせてくれないか」

「ほお」

中村がぎこちなく笑う。予想外の質問だったのだろう。螢橋が穏やかな口調で下手にでたせいかもしれない。すこしのまを空け、言葉をたした。

「後藤が得した。持ってる運が勝ってるというべきか。斉藤の逮捕劇がなければ、岡部の自殺はマスコミにおおきくとりあげられた。なにしろ、マスコミを恫喝《どうかつ》するほどの、強面の秘書だったからな」

「運やのうて、自殺も逮捕も絵図どおりやろ。政界や経済界の重大事は、必ず週末に起きる。マスコミの追及と世間への影響をやわらげるためにな」

「それでも、想定内の出来事と不測の事態とでは、インパクトも対応の仕方も異なる」

「斉藤の逮捕は想定外か」

「どうかな」

「後藤と石橋は、斉藤も自殺するのを望んでたのか」

「そうとも読める」

「まるで他人事《ひとごと》やな」

「他人事だよ。だからこうして、客観的に話ができる」

「ほざくな。すべてはあんたの策謀から始まってる。岡部をあやつり、朴を騙し、己の欲のために新島の土地を買い占めた。それが一連の事件のすべて」

「そう確信してるのなら、わたしを逮捕しなさい」

「いつかはな。ここにたどり着くまで十年かかった。慌てることはない。あんたが呼び捨てにしてる後藤や石橋に泣きつく姿でも想像してろ」

「むずかしいね。逆の光景は想像できるが……日本を支え、引っ張ってるのは、期間限定の政治家ではない。霞が関と一流企業の、それも、てっぺんにいるごく一部の人だ」

「あんたもそのうちのひとりか」

「それくらいの気概は持ってる」

螢橋は、ゆっくりと立ちあがった。軀の芯から噴きでる熱で胸が破裂しそうだ。

中村が傲慢な笑みを浮かべ腰を浮かした。

刹那《せつな》、螢橋の右の拳が唸《うな》った。

鈍い音がして、中村がソファに落ちる。だが、彼の顔から薄笑いは消えなかった。

螢橋は、反吐《へど》がでそうになり、踵を返した。

横浜の関内か、東京の赤坂か。どちらで呑んでも、今夜は悪い酒になりそうだ。

本作品は、自著『都庁諜略』を素として、書き下ろしました。
本作品はフィクションです。実在の事件、人物は一切関係ありません。

Haruki Bunko
ハルキ文庫

は 3-6

新《しん》公《こう》安《あん》捜《そう》査《さ》

著者 浜《はま》田《だ》文《ふみ》人《ひと》

2009年 2 月18日第一刷発行
2014年12月18日第五刷発行

発行者 角川春樹

発行所 株式会社角川春樹事務所
〒102-0074 東京都千代田区九段南2-1-30 イタリア文化会館

電話 03(3263)5247(編集)
03(3263)5881(営業)

印刷・製本 中央精版印刷株式会社

フォーマット・デザイン 芦澤泰偉
表紙イラストレーション 門坂 流

ISBN978-4-7584-3395-2 C0193 ©2009 Fumihito Hamada Printed in Japan
http://www.kadokawaharuki.co.jp/[営業]
fanmail@kadokawaharuki.co.jp[編集] ご意見・ご感想をお寄せください。

浜田文人の本

公安捜査【新装版】

渋谷と川崎で相次いで起こった殺人。被害者は会社社長・松原と渋谷署刑事坂東。詐欺・贈収賄などの疑惑が囁かれていた松原だが、常に追及の手をかわしていた。事件直後警察に届いた、松原と内通していた警察関係者のリストの中には殺された坂東の名が——。北朝鮮への不正送金疑惑に関連して松原に接触していた公安刑事・螢橋は事件の背後関係に迫るのだが……。警察内部の腐敗と不正送金問題に鋭くメスを入れる、迫真の警察小説。（解説・関口苑生）

ハルキ文庫

浜田文人の本

公安捜査II 闇の利権

北朝鮮からの覚醒剤密輸事案を内偵中だった、神奈川県警公安二課の螢橋政嗣。監察対象者を追うさなか、螢橋は殺人の現場に遭遇してしまう。殺されたのは麻薬取締官・四角哲也。彼は、広域暴力団仁友会の小山こと在日北朝鮮人・申勲を内偵中に妻を殺され、復讐に燃えていたという。螢橋はやがて、とある病院と老人ホームへとたどりつく。北朝鮮との闇のつながりとは果たして何なのか？　大好評シリーズ第二弾！

浜田文人の本

公安捜査III 北の謀略

鹿取刑事から呼び出された神奈川県警の公安刑事・螢橋政嗣は、鹿取の待つマンション近くで不審な人物をはねてしまうが、男は搬送先の病院から忽然と姿を消す。一方、鹿取は落ち合うことになっていたマンションの住人・佐藤友子殺しの被疑者として身柄を拘束されてしまう。鹿取は彼女の何を探っていたのか？　そして姿を消した男と事件の関係とは？　やがて事件の裏に、対北朝鮮利権に絡む売国的政治活動が浮かび上がってくるのだが……。好評の公安シリーズ第三弾！

佐々木譲の本

笑う警官

札幌市内のアパートで、女性の変死体が発見された。遺体の女性は北海道警察本部生活安全部の水村朝美巡査と判明。容疑者となった交際相手は、同じ本部に所属する津久井巡査部長だった。やがて津久井に対する射殺命令がでてしまう。調査から外された所轄署の佐伯警部補は、かつて、おとり捜査で組んだことのある津久井の潔白を証明するために有志たちとともに、極秘裡に捜査を始めたのだったが……。北海道道警を舞台に描く警察小説の金字塔、「うたう警官」の文庫化。(解説・西上心太)

佐々木譲の本

警察庁から来た男

北海道警察本部に特別監察が入った。監察官は警察庁のキャリア・藤川警視正。藤川は、半年前、道警の裏金問題の為に百条委員会でうたった（証言した）津久井刑事に監察の協力を要請した。一方、札幌大通署の佐伯刑事は、ホテルでの部屋荒らしの捜査を進めていた。被害者は、風俗営業店で死んだ男の父親だった。大通署に再捜査の依頼の為、そのホテルに泊まっていたのだという。佐伯は、部下の新宮と事故現場に向かうのだが……。『笑う警官』に続く道警シリーズ第二弾！（解説・細谷正充）

ハルキ文庫

今野敏の本

最前線
東京湾臨海署安積班

東京・お台場のテレビ局に出演予定の香港映画スターへ、暗殺予告が届いた。東京湾臨海署の安積警部補らは、スターの警備に駆り出されることになった。だが、管内では、不審船の密航者が行方不明になるという事件も発生。安積たち強行犯係は、双方の案件を追うことになる。やがて、付近の海岸から濡れたウエットスーツが発見され、密航者が暗殺犯の可能性が──。安積たちは、暗殺を阻止できるのか。（「暗殺予告」より）新ベイエリア分署・安積班シリーズ、待望の文庫化！（解説・末國善己）